U0133075

橄榄园

橄榄园

——莫泊桑短篇小说选

〔法〕莫泊桑 著　　　朱燕 译

复旦大学 出版社

看得见风景的新译本

世界短篇小说大师作品选（文库本）出版说明

独特的翻译塑造作品，塑造译者，也塑造读者。

就像——林少华以优美的中文让读者一直以来爱着一个并不存在的村上春树；潘帕半路出家，从《芒果街上的小屋》辗转到了《最初的爱情，最后的仪式》，举重若轻，如鱼得水。要说全然忠实和"准确"，他们全都不算，起码，林少华背叛了村上原文中的那一部分粗俗；潘帕压根没有经过专业的翻译训练。然而他们的译本有个性、有生命，赢得了广大读者的心。董桥先生说，高等译手是"跟原文平起平坐，谈情说爱，毫无顾忌"。

本次复旦大学出版社出版世界短篇小说大师作品选，本着"年轻人译、年轻人读"的全新宗旨，望在林林总总已出版的世界经典短篇小说选中为年轻读者提供阅读经典的全新体验。本套文库本精选爱伦·坡、马克·吐温、莫泊桑、王尔德、契诃夫、欧·亨利、杰克·伦敦、茨威格、芥川龙之介、菲茨杰拉德这十位短篇小说大师的名篇，邀请一批年轻译者，以他们对作品的理解、对作者语言风格的揣摩，用生动而具时代感、准确而更符合年轻人阅读习惯的中文译出。

也许这套文库本的翻译还无法达到"人约黄昏后"的境界而仅止于"人在屋檐下"，但每一个译本都倾注了译者的热情，渗透了译者的个性。一种令人怦然心动的翻译，不仅仅在于译文谨小慎微的准确性和精确度，更在于它是否同时塑造了作品、译者和读者。

但愿这套短篇小说文库本能带给读者亲切感和阅读价值，也让读者见到与众不同的风光。

橄榄园

一

当港口的人们看到维尔布瓦神父的小船捕鱼归来,他们纷纷走下沙滩去帮助他把船拉上岸。这个唤作嘉兰度的普罗旺斯小海港,位于皮斯卡海湾深处,介于马赛和土伦两城之间。

船中只有神父一个人,他划起桨来像个真正的水手,有着像他这样五十八岁年纪的人所罕有的充沛精力。肌肉发达的臂膀上袖子高高卷起,教士长袍的下摆束起,在膝盖处扎紧,胸口处解开了几粒扣子,微敞着,三角帽就搁在长凳上他的身侧,头上戴着一顶木棉质地的钟形帽子,上面覆了层白色粗布,他看上去像是那种热带地区常见的身板结实却为人古怪的教士,天生的使命是冒险探奇而不是布道做弥撒。

为了辨认清楚船的靠拢地点,他时不时向身后看两眼,随即开始押着节奏,一下一下拉着船,动作有条不紊而充满力量,又一次向这些南部的蹩脚水手演示了北方人的划桨技术。

往前冲着的小船触到了沙土,然后顺势滑进了沙子里,就好像它要爬过整个沙滩只为了把龙骨埋进沙石深处;随即小船骤然停止前进,五个刚才看着神父回来的男人走了过来,他们面对神父,礼貌和蔼,笑容满面,和善可亲。

"怎么着!"其中一个操着一口浓重的普罗旺斯口音说道,"大有收获吧,神父先生?"

维尔布瓦神父收起船桨,脱下钟形帽子,换上了三角帽,将双臂卷起的袖管捋了下来,重新扣上长袍的扣子,恢复了作为本村教堂主持的举止和仪态,他自豪地回答道:"是啊,是啊,收获颇丰,三条狗鱼,两条海鳝,还有几条鲃鱼。"

那五个渔夫凑近小船,探着身子靠上船的侧板,他们露出一种大行家的表情,端详着船舱里的海货,那肥墩墩的狗鱼，头部平坦的海鳝，模样丑陋的海蛇，还有那些鲃鱼，它们的紫色表皮上缀着许多弯弯曲曲的金色带状条纹，那色彩有几分橙子皮的感觉。

其中一个说道："我替您将这些东西搬到您农舍里去吧，神父先生。"

"谢了，我的朋友。"

与他们握了握手，神父就上路了，身后跟着一个男人，另外那几个就留在原地替他收拾小船。

他迈着大步慢慢走着，看上去既有力又有派头。由于之前划桨划得太猛了，他感到还有些热，每每经过橄榄树稀薄的树阴下，他都会不时摘下帽子，将额头释放在这夜晚温和的空气中，让这沿海海浪带来的微风平息一切，他的额头开阔，覆盖着又直又短的白发，丝毫不像是个神父的额头，倒像是个军官的。村子坐落在一个小土丘上，两边是个宽大的山谷，向下延伸成一块平原，通到大海。

这是正逢七月的一个傍晚。依然耀眼的太阳快要触到远处呈锯齿状的山脊了，此时日头正斜在白晃晃的马路上，把像是覆在一层尘土飞扬的裹尸布下的神父的影子拉得无比长，没有尽头，而那巨大的三角帽则在附近的田野中投下一大块阴影，这黑影似乎会快速攀爬上沿途每一棵橄榄树的树干，旋即又落回地面，仿佛在树与树之间爬行。

维尔布瓦神父的脚下，总扬起一阵粉末的云朵，夏季普罗旺斯的道路上总覆着一层这种细得摸不出来的粉末，这云使得长袍四周都烟雾腾腾，将袍子遮了个朦朦胧胧，袍子下摆灰色的印记越来越明显。他这会儿感觉凉快多了，双手插在口袋里，步伐缓慢而有力，就像个爬山的山里人。他眼神平静地看着村庄，他在这儿已经做了二十年的神父，他自己选择了这里，又机缘巧合得到了这个机会，打算把骨头也埋在这儿。那个教堂，他的教堂，处于周围众多民居的环抱之中，而那最高的顶点则是教堂的两座灰白石塔，这两座塔并非一般高低，它们呈方形，古朴的身影矗立在这美丽的南方小山谷中，看上去更像是城堡的防御塔而不是宗教建筑的钟塔。

神父很高兴，因为他收获了三条狗鱼、两条海鳝和几条鮈鱼。

这在他的教民圈子里也会是份小小的荣耀，他受人崇敬的一点很特别的理由就是，尽管已经不再年轻，但他也许是本地肌肉最强健的男人。而这无害的小小虚荣心却是他最大的快乐源泉。他开枪能打断花朵的细茎；有时候和他的邻居烟草商一起制造武器，那家伙以前是军队里的军官；而且神父的水性比这个海角上的任何人都要棒。

他曾经是德·维尔布瓦男爵，生活在上流社会，闻名遐迩，举止高雅。在经历了一段令人心碎的爱情后，三十二岁的他自愿成为了神父。

他出身于皮卡第的一个古老家族，保王党，信仰宗教，数百年来，他家的男儿都会投身军队、司法或者教会。起先，他本人在母亲的建议下想成为神职人员，但在父亲的坚决要求下，他决定先去巴黎学习法律，然后看看在法院里能否找到重要的职位。

正当他完成学业之际，他父亲却在一次去沼泽地带打猎回来后突患肺炎去世，而他母亲则悲伤过度，不久后也死了。于是，他一下子继承了一大笔财富，他放弃了所有的职业计划，开始满足于当个闲散的富家子弟。

尽管他的思想受到了信仰、传统和原则的局限，这些东西就像他那一身皮卡第贵族的肌肉一样，是祖宗遗传下来的，然而他是个英俊的小伙儿，人又睿智，所以很受欢迎。在这个庄重的上流社会里他获得了成功，品尝着作为一个刚毅、富有、受尊重的年轻男性所拥有的美好生活。

但在一个朋友家聚会中的几次相遇后，他爱上了一个年轻女演员，她是巴黎音乐戏剧学院的女学生，在奥德翁大剧院初露锋芒。

他疯狂地爱上了她，带着一个生来就要信仰绝对专权的男人所能拥有的全部激情去爱她。那个浪漫的角色，在她第一天公演就为她获得了巨大成功，看到饰演着这样一个角色的她，他陷入了爱河。

她很漂亮，天生丽质，经常露出一种孩童般天真的神情，被他戏称为她的天使表情。她深谙如何完全征服这个男人，让他成为失去理智的疯子，成为心醉神迷的傻子，只消女人的一个眼神、一件裙衩，就能让他乖乖跳进火祭的柴火堆，体验死亡的激情。他让这个女人做了他的情人，带她离开了剧院，整整宠爱了她四年，对她的爱与日俱增。说句实话，倘若某一天，他没有发现这女人对他不忠，而且很长时间以来都和介绍他们认识的那位朋友有染，那么纵使他姓氏显赫，家族荣誉传统森严，他还是会迎娶她过门的。

更为悲惨的是，这个女人怀孕了，而他呢，本来打算等着孩子一出生就结婚的。

他双手捧着偶然从抽屉里发现的偷情证据和信件，责备那个女人不忠诚、背信弃义、寡廉鲜耻，那粗暴的言行说明他被这事逼出了野蛮的一面。

但那女人出身巴黎市井，既不知什么叫羞耻，也不知什么叫贞节,对另外那个男人就像对这个一样有信心,胆子大得很,就像那些平民家的女儿,为了硬充好汉会跳上街头,她冲撞、辱骂了这个男人;而当男人举起手,她则把肚子凑了过去。

他停了下来,脸色苍白,想象着里头已经有一个他的后代,就在这肮脏的肉体里,在这具污秽的躯壳里,在这不洁的女人的肚子里,有一个他的孩子!于是,他向她冲过去,要把她和孩子一起消灭,毁灭掉这个双重耻辱。那女人怕了,感到自己快完蛋了,当她在他拳头下打滚,当她看到他的脚准备去踢她微隆的腹部,那里头已经有一个男人所给予的胚胎,她一边伸出双手阻止他,一边喊道:"不要杀我。这个孩子不是你的,是他的。"

男人向后一跳,深感震惊,心神慌乱,以至于怒火骤然停息,脚跟的动作也停了下来,他结结巴巴说道:"你……你说什么?"

女人从这个男人的眼睛里,从他令人恐惧的动作里看到了死亡的威胁,她一下子害怕得快疯了,就重复了一遍:"不是你的,是他的。"

男人一下子感到气力全无,颓丧地低语:"孩子吗?"

"是的。"

"你撒谎。"

男人于是重新抬起脚来，仿佛要踩下去，他的情妇则跪着撑起身子，试图向后退去，还在结结巴巴说道："我都和你说了是他的。倘若孩子是你的，难道不该早就有了吗？"

这条理由就像真相一样给他一击。脑中灵光一闪，所有的推论一齐出现让他眼前明亮，这些推论是如此确定、不可驳斥、不可抗拒，他相信了，他确定自己绝对不可能是这个妓女的可怜孩子的父亲，不是她肚子里怀着的胎儿的父亲；于是，他松了口气，得到了解放，几乎一下子就平息了怒火，他放弃了毁灭这个无耻女人的行动。

然后，他用一种更为平静的声音对女人说道："站起来吧，滚出去，我再也不想见到你。"

她像被驯服了似的，顺从他的话离开了。

从此他再也没有见过这个女人。

他自己也离开了。循着太阳，他来到了南部，在地中海边小山谷中央的这个村落停下脚步。他很喜欢这里一家可以观海的小旅馆；就订了一个房间，在里面住了下来。他在这里，在悲伤、绝望、孤独中逗留了十八个月。他就带着那折磨人的回忆在这里生活着，回忆那个背叛他的女人，她的魅力，她的引诱，她那说不出的魅惑，他也懊恼着再也见不到她，感受不到她的软玉温香。

他在普罗旺斯这众多小山谷中到处漫步,顶着自己那满是怨念、生了病的可怜脑袋,身披透过橄榄树浅灰叶层漏下的细细密密的太阳光线溜达着。

但在这令人痛苦的孤寂中,他早先的那些虔诚心思,他生命中最初的那个信仰又慢慢地回到了心里。曾经,宗教对他而言不过是面对不可知的命运的避难所,现在则庇护他免遭命运中的欺骗和折磨。他保留了祈祷的习惯。在悲伤时分,他更热心做祷告了。他经常在黄昏时分,跪在渐渐昏暗的教堂里,里面唯一闪着光亮的就是祭台区尽头圣灯的那点火光,仿佛是这圣地的神圣护卫,象征着上帝真实的存在。

他将自己的痛苦向上帝诉说,说给他的上帝听,告诉他自己的全部苦难。在他每日重复的祷告中,他向上帝乞求指点、怜悯、帮助、保护、安慰,他的祈祷一天比一天虔诚,付诸其中的情感也愈加强烈。

他那受过伤害、被对一个女人的爱所啃噬得破碎的心,并未关闭,依然会悸动,依旧渴望柔情;渐渐的,通过无数次的祈祷,通过越来越虔诚的隐士生活,通过醉心于虔诚信徒与救赎苦难人类的救世主之间的秘密交流,对上帝神秘的热爱注入了他内心,并超越了另一种爱。

于是他重拾最初的计划,决定将自己那破碎的生命贡献给教会,而原本,他差一点托付的曾是自己白璧无瑕的生命。

就这样他做了神父。通过家庭和个人的关系,他获得了被任命为这个普罗旺斯小村庄的主持神父的资格,先前正是命运的偶然把他送到了这里;他将大部分财产捐出去做善事,只留下一小部分维持他的生活直到死去,这些钱也可以用于援助一些穷人,而他则回归到虔诚地实践信仰和忠心地效力于他人的平静生活中去。

他这个神父眼光算不得远,但是个好神父,是某种有着军人脾性的宗教领路人,强行引领那些在人生大森林中流浪漂泊、丧失理智、迷失方向的人走上正道,而我们的本能、品味和欲望正是森林中令人迷路的幽径。但曾经的那个男人的很多特点今天在他身上仍旧存在。他依然遏制不了自己对高强度训练、贵族运动和武器的热爱,但是他讨厌女人,所有女人,就像小孩子害怕某种神秘的危险似的。

二

跟在神父身后的那个水手完全是南方人的脾气,舌尖痒痒的直想聊天。可他不敢,神父在教徒中享有非常高的名望。不过，他还是鼓起了勇气，"那么，"他说道，"您在您的农舍里还住得惯吗，神父先生？"

农舍是一种非常小的房子，一到夏天，城里或者村子里的普罗旺斯人都会到这种农舍里住一住，呼吸新鲜空气。神父就在田里租了这么一间小屋，距离他的神父住所大约五分钟路程，教会给的住所十分小，挤在教区中央，紧贴着教堂。

即便夏季，他也不常住在这片田里；他只会偶尔住上几天，感受一下周围的一片绿色，练练枪法。

"是的，我的朋友，"神父说道，"我在里头住得很不错。"

那出现在眼前的低矮屋子建在树林中，外墙涂着粉色的涂料，从橄榄树的枝叶中间望过去，房子好像被划成长条，被剁成碎末，被切成小块。这片田没有篱笆，于是橄榄树就像普罗旺斯的蘑菇到处生长。

只见一个高个子女人在门前来来回回，摆放着晚餐的小餐桌，她每次返回，都会慢条斯理地在桌子上摆放一副刀叉，一个餐盘，一条餐巾，一块面包，一盏酒杯。她头上戴着阿尔勒姑娘戴的小软帽，丝绸或者黑丝绒的锥形尖顶上绽开了一朵白色蘑菇状花饰。

当神父走到可以听得到声音的地方，他对她大喊：

"喂！玛格丽特！"

她驻足观望，认出了她的主人："是您吗，神父先生？"

"是呀，我给你带回来了很多鱼。你马上可以给我烤上一条狗鱼，黄油烤狗鱼，除了黄油什么都别加，听明白了吗？"

女仆来到男人们跟前，内行地看了看水手拎着的鱼。

"可我们已经有米饭炖母鸡了呀。"她说道。

"无妨，隔夜的鱼可比不上才从水里捞出来的新鲜海鱼的滋味啊。我决定好好美餐一顿，这机会可不经常有呢；何况，这不算什么大罪孽。"

女人选了条狗鱼，当她拿着鱼走开的时候，回过头说："啊！有个男人来找过您三次，神父先生。"

他无所谓地问道："一个男人！哪种男人？"

"就是没有自我介绍的那种男人。"

"什么？一名乞丐？"

"也许吧，我可没这么说。我觉得是个'毛发淡'。"

听到这个普罗旺斯词汇，维尔布瓦神父笑了起来，它的意思是坏人、路上闲逛的流浪者，神父很了解这个玛格丽特，她胆小怕事，一住进农舍，就没法不整日，尤其是整夜，想象着他们会被人杀害。

神父给了水手几文钱，那人就走了，正如他自己说的，他还保留着以前作为上流人士对健康和仪容的讲究："我要弄点水冲洗下鼻子和手。"这时玛格丽特正用一把小刀倒刮着狗鱼背脊，上面带着点血渍的鱼鳞掉落下来，就像是残缺的银币，她从厨房里对神父大喊道："您看，那个人来了！"

神父转向大马路，确实看到一个男人，远远看去，衣衫褴褛，他正踩着小碎步向房子走来。神父等着他，还在因为女佣的惊慌失色而微笑，想着："说实话，我看她说得对，这个人果然像个'毛发淡'。"

陌生人走近了，双手插兜，两眼注视着神父，不慌不忙。他很年轻，留着金色蜷曲的胡子，软边毡帽边缘钻出几绺鬈发，那顶帽子脏得够呛，破破烂烂，估计没人能猜得出那帽子原先的颜色和形状。他穿着一件长长的栗色外衣，裤子靠近脚踝的地方破成了锯齿状，脚上蹬着双帆布鞋，这让他走起路来，步伐绵软、无声，叫人不放心，他的步法也是那种让人难以察觉的流浪汉的步法。

当他距离神父还有几大步的时候，他摘下了遮蔽额头的那顶破帽子，以一种戏剧里特有的神情脱帽致敬，露出憔悴、放荡但美丽的脑袋，头顶心那里秃了发，是疲劳和幼时生活放纵的标志，因为这个男人绝对不超过二十五岁。

神父立刻也脱下了帽子致意,他猜测着,也感觉到了这个人绝对不是普通的流浪汉,失业工人或者在不同监狱之间游荡、几乎只会说些诸如局子之类的切口的惯犯。

"您好啊!神父先生。"男人说道。

神父简简单单回答说:"向您致意。"他不愿意称呼这衣衫褴褛的可疑路人为"先生"。两人互相凝视了良久,面对这个流浪者的目光,神父觉得自己心里发慌又激动莫名,就好像对面是个陌生的敌人,一种悄悄滑进血肉里面、古怪的忧虑朝他侵袭而来。

终于,流浪汉继续说道:"怎么样!您认出我了吗?"

神父感到惊讶,回答说:"完全没有,我一点儿都不认识您。"

"啊!您一点儿都不认识我。再看看我。"

"看了也没用,我从来没见过您。"

"这倒是实情,"另外那人挖苦道:"那我给您看个您比较熟悉的人。"

他戴上了帽子,解开外衣扣子。露出赤裸的胸脯。一条红腰带围绕在他瘦削的腹部,将裤子固定在胯部上方。

他从口袋里拿出一个信封,看上去不太像真的信封,上面所有的黑点都是大理石斑纹,在那些流浪的乞丐的衣服衬里内都能找到类似的信封,里头装着随便什么证件,有真有假,偷来的或者合法的,面对警察盘问时,这可是自由的珍贵保卫者。那男人从信封里抽出一张相片,像是信纸那么大的一张卡纸,以前经常会拍这种样式的照片,这照片泛黄、老旧,经过长时间随处携带,被这个男人的肌肤烘热,也因为这热度褪了色。

于是,男人将照片举高到脸旁,问道:"那这个人,您认识吗?"

神父为了看清楚走近了两步,脸色变得苍白,心神慌乱,因为这是他自己的肖像照,在那个为爱疯狂的遥远年代,专为了她而拍的。

他没弄明白怎么回事,所以没有答话。

流浪汉又重复了一遍:"这个人,您认出他了吗?"

神父含含糊糊道:"是的。"

"是谁呢?"

"是我。"

"真的是您吗?"

"是的。"

"那么!现在您看看这两个吧,您的肖像和我!"

他已经看到了,这个可怜的人,他看到这两个人,卡纸上的这个和旁边正笑着的那位,看上去就像兄弟一般相像,但他还是没明白怎么回事,他结巴了:"说到底,您想要我怎么样呢?"

于是,那流浪汉用一种恶毒的声音说道:"我想要什么,我想要您先把我认出来。"

"那您是谁呢?"

"我是谁?去大马路上随便抓一个人问问吧,问问您的女佣,如果您愿意,我们还可以去问问本地的村长,把这个东西给他看看;我要对您说的是,他一定会大笑一番的。啊!您还不愿意承认我是您儿子吗,神父老爸?"

于是,老人伸出双臂做了一个绝望的圣经动作,哀叹道:"这一切不是真的。"

年轻人走到他面前,与他面对面。

"啊!这不是真的。啊!神父,必须停止撒谎,听到了吗?"

他的脸露出威胁的神情,双手攥成拳头,说话时非常理直气壮,以至于神父总在后退,自问两人中间现在到底是谁弄错了。

不过,神父再一次断言道:"我从来都没有小孩。"

另一个反驳道:"也许也没有过情人?"

老人斩钉截铁地回答,倨傲地承认了:"有。"

"那这个情人被您赶走的时候,也不曾怀孕?"

突然间,那年代久远的怒火,二十五年前被压下来的怒火,并未闷熄,只是被封闭在这个痴情男人的内心深处,被信仰、听命于天的虔诚和看破红尘的心境筑起的拱顶覆盖着,现在这个拱顶一下子被冲垮了,他勃然大怒,大声喊道:"我赶走她是因为她对我不忠,她怀上了别人的孩子,如若不然,我会杀了她,先生,将您和她一道杀了。"

年轻人踌躇不决,这回轮到他对神父这般直率的狂怒感到吃惊了,然后他缓缓地辩驳道:"谁告诉您孩子是别人的?"

"是她,是她自己,反抗我的时候说的。"

流浪汉没有反驳他的话,而是用小混混那种轻飘飘的口吻,给出了结论:"那么说,是老妈跟你吵架的时候弄错了,就这么回事。"

在这怒火过去之后,神父也控制住了自己的情绪,轮到他来提问了:"谁告诉您,说您是我儿子的?"

"老妈死的时候说的,神父先生……然后就这样了!"
他把照片递到神父眼皮底下。

老人接过照片,心中万分不安,他慢慢地、长时间地比较着这个陌生路人和他以前的样子,他不再怀疑,这个人就是他的儿子。

忧伤占据了他的灵魂,那是一种难以言喻的不安,极其令人痛苦,就像是对过去所犯下的罪过追悔莫及。他明白了一小部分,猜测着剩下的那部分真相,他眼前重现了两人分离前那粗暴的一幕。在备受羞辱的男人的威胁下,为了挽救自己的性命,那背信弃义的不忠女人扔下了这样一个谎言。谎言显然成功了。他的儿子出生,长大,成为大马路上肮脏不堪的流浪汉,就像公山羊满身的膻味一样,他满身都是堕落的腐朽的臭气。

神父喃喃道:"您愿意和我一起走走,让我们好好说说话吗?"

那人冷笑起来:"见鬼了! 我正是为着这个来这里的。"

他们一起离开,肩并肩走在橄榄园里。太阳已经落山了。南方地区黄昏时分的清冷给田野披上了一件看不见的寒冷大衣。神父冷得发抖,突然他像主祭习惯的那样抬起双眸,他发现自己四周,到处都是在半空中微微抖动着的圣树的浅灰叶片,那树曾将耶稣最大的痛苦、仅有的一次软弱隐藏在自己柔弱的树影下①。

---

① 根据《新约全书》的记载,耶稣被钉死在十字架前,在橄榄园对门徒彼得等说:"我心里甚是忧伤,几乎要死了。"

一声祈祷从他口中发出，短促而绝望，用一种不需要经过嘴巴就能发出的微弱声音，就像信徒们乞求着救世主："上帝，拯救我吧。"

接着他转向他的儿子："那么，您母亲死了？"

一边说着这话："您母亲死了"，新的悲伤在他心中油然而生，让他的心一阵紧缩，这是一个从不曾停止去遗忘的男人躯体上的怪异苦楚，是对他曾忍受的折磨的残酷回应。也许不止于此，因为她已死去。或许更是青年时代疯狂且短暂的幸福的悸动。而现在一切幸福尽逝，只剩回忆留下的伤口。

年轻人回答说："是的，神父先生，我母亲死了。"

"很久了吗？"

"是的，有三年了。"

神父又起了新的疑惑。

"为何不早点来找我？"

那人犹豫着。

"我不行啊。那时有些障碍……但是，请原谅我暂时先不说，晚些时候，只要您想知道，我会原原本本告诉您，但现在我得说，我从昨天早晨起就没吃任何东西了。"

恻隐之心撼动了老人，他突然伸出两只手，"哦！我可怜的孩子。"他说道。

年轻人接受了这双伸出的大手，让它们包裹住他更为纤细、温凉、焦躁不安的手指。

接着，他用平时嘴上总挂着的开玩笑的口吻，回答说："好吧！真的，我开始相信，不管怎么样，我们两人一定能好好相处了。"

神父迈开步子。"我们去吃晚饭吧。"他说道。

怀着天生的、说不清道不明的怪异的微妙愉悦感，他突然想到了这天自己捕到的美味海鱼，配上米饭炖母鸡，对于这可怜的孩子来说可是顿大餐。

那阿尔勒城女人十分担忧，已经开始抱怨了，她在门前等待着。

"玛格丽特，"神父喊道："把桌子搬到厅里去，快点，快点，放上两副餐具，但要快。"

想到主人打算和这个坏胚子同进晚餐，女佣吓呆了。

于是，维尔布瓦神父开始亲自撤去餐具，将桌子搬到底楼唯一的一间房间，给他也准备了一副餐具。

五分钟后，他坐了下来，对面是那个流浪汉，面前是盛满蔬菜汤的大汤碗，在两人的脸孔之间升腾起滚烫的热雾。

三

当餐碟一装满菜汤,流浪汉就开始贪婪地喝了起来。神父不怎么饿,他只是慢慢地啜饮着美味的蔬菜浓汤,把面包搁在盘子里。

突然他问道:"您叫什么?"

那男人笑了,平复了饥饿感,让他心满意足。

"由于父不详,"他说道,"只能冠上我母亲的姓氏了,您可能还没忘记她的姓氏吧。但我有两个名,都不太适合我,菲利浦-奥古斯特。"

神父脸色苍白,喉咙一紧,问道:"他们为什么给您起这名字?"

流浪汉耸了耸肩。

"您的确该猜疑。离开您之后,老妈就想办法让您的情敌相信我是他的孩子,而那个人还真相信了,直到我长到十五岁。因为从那个时候开始,我长得越来越像您。那个混蛋就不认我了。但是他的两个名字已经给我了;倘若我有幸长得不像你们中的任何一个,或者干脆是不曾谋面的第三个贼骨头的儿子的话,我今天就会被称作菲利浦-奥古斯特·德·帕瓦隆子爵了,是参议员德·帕瓦隆伯爵承认的儿子了。所以我给自己起了个名字叫'不走运'。"

"您又是如何知晓这一切的呢？"

"因为有人在我面前解释了这一切，见鬼，粗鲁的解释，看看吧。啊！这能教会您什么才是生活！"

从半个小时前，神父就开始感受到，并受着某种令人愈加痛苦、愈加难以忍受的东西的折磨，这压得他透不过气来。他身上令人窒息的感觉越来越强烈，最终会让他死去，这窒息感的出现，并非因为他听到这许多事情，而是那人讲述这些事情的方式，以及那人反复强调此事时，显露出的无耻小混混的嘴脸。他现在开始感觉到，在这个男人和他之间，在他儿子和他之间，横着条满是道德垃圾的臭水沟，这水沟对于某些灵魂而言是致命的鸩毒。这人是他儿子吗？他仍然无法相信这点。他需要全部的证据，全部；他要了解一切，知悉一切，聆听一切，忍受一切煎熬。他重又想起了环抱这间小农舍的那片橄榄园，再次低声喃喃道："啊！上帝，拯救我吧。"

菲利浦-奥古斯特喝完了汤，问道："不再吃点了，神父？"

由于厨房在屋子外面，旁边的侧间里，玛格丽特从那儿听不到神父的声音，倘若神父有任何需要，都会敲几下挂在他身后墙上的中国铜锣。

于是他拿起铜锤，敲了好几下那锣的圆形平坦表面。先是发出微弱的声响，接着声响变大，清晰有力，变成了颤巍巍的、尖锐的、极其尖锐的、撕心裂肺的可怕声音，仿佛是铜锣挨打后发出的抱怨声。

女佣出现了。她纠着小脸，两眼冒火地看着那个坏人，出于类似忠实家犬的本能，她仿佛可以预见到自己主人将遭遇的不测。她手上端着一条烤熟的狗鱼，散发出黄油融化的甜美味道。神父用勺子把鱼从头到尾剖成两半，将鱼背的那块给了他青年时代生下的孩子。

"这是我先前捕到的。"他说道，带着伤感中还残存的那点骄傲语气。

玛格丽特没有挪步。

神父又说道："去拿葡萄酒来，要好酒，就拿那种科西嘉海角的白葡萄酒吧。"

她几乎想反抗这道命令，神父不得不用严肃的语气重复说道："去吧，拿两瓶。"对他而言，请人喝酒是不常有的乐趣，因而他自己也总要来上一瓶。

菲利浦-奥古斯特神采飞扬，喃喃道："太棒了。真是好主意。我已经好久没有这样吃得畅快了。"

女佣两分钟后回来了。神父却觉得这两分钟长得简直没有尽头,对真相的渴望像地狱中的烈火一样在凶猛地灼烧着他。

两瓶酒都打开后,女佣还站在那里,两眼死死盯着年轻男人。

"让我们单独待着吧。"神父说道。

她佯装没听到。

神父语气严厉地继续说:"我命令您让我们单独待着。"

于是她悻悻然离开了。

菲利浦-奥古斯特狼吞虎咽地吃着鱼;他的父亲看着他,从这张与他相似的面孔上所发现的一切越来越让他意外和痛心。被维尔布瓦神父塞进口中的那些小鱼块停留在嘴里,喉咙发紧咽不下去;他咀嚼了很长时间,从所有在脑子里闪过的问题中,搜寻着最迫切需要答案的那个。

最后,他低声问道:"她怎么死的?"

"肺部毛病。"

"病了很长时间吗?"

"差不多十八个月。"

"怎么会生这种病的?"

"没人知道。"

他们沉默了下来。神父沉思着。许多想知道的事一齐涌了上来，因为自打两人分手的那天，自打他差点杀了她的那天开始，所有关于她的事，他一无所知。确实，他也不曾有过探知的欲望，他把她毅然决然地扔进了遗忘的沟渠，把她和那些幸福的日子一并扔了进去；但现在她死了，他突然产生一种嫉妒的欲望，那种属于情人的欲望。

他又说道："她不是单身，对吗？"

"对，她一直和那个男人一起。"

老人打了个哆嗦。

"和那个男人！帕瓦隆？"

"是的。"

曾经遭遇背叛的男人计算着，那个对他不忠的女人居然和他的情敌生活了超过三十年。几乎难以自抑，他含含糊糊道："他们幸福吗？"

年轻男人冷笑着答道："当然幸福，不过也是起起伏伏！如果没有我的存在，一切应该很完美。我总是把一切弄糟。"

"怎么回事，这又是为什么？"神父说道。

"我告诉过您了，因为他一直到我十五岁时都以为我是他儿子。但这个老家伙不笨，他自个儿发现了我长得像您,于是两人就开始争吵了。我常躲在门外偷听。他控诉老妈欺骗了他。老妈反驳说:'这是我的错吗?你很清楚,你占有我的时候,我还是另一个人的情人。'她嘴里的另一个人就是您。"

"啊!他们有时候会谈论到我吗?"

"谈啊,但他们从不在我面前指名道姓,只是到了末了,最最末了,老妈快死的那段日子,她才说出来。虽然都那样了,他们还是存着戒心。"

"那么您……您很早就知晓您母亲的情况很特别吗?"

"见鬼!我又不是个蠢家伙,我可从来不是这号人。只要开始混社会,这种事一下子就能猜个八九不离十。"

菲利浦-奥古斯特一杯又一杯地自斟自饮。他的眼睛闪闪发光,长时间忍饥挨饿让他很快就有了醉意。

神父发现他醉了;差点就去阻止他继续贪杯,但随即有个心思一闪而过,酒醉也许能打消他的顾虑,让他话多些,于是神父拿起酒瓶,重新给年轻人倒上满满一杯。

玛格丽特端来了米饭炖母鸡。菜一上桌,又盯住那流浪汉了,然后她生气地对主人说道:"您瞧瞧这人都烂醉了,神父先生。"

"让我们安静地待着吧,"神父又说道,"你去吧。"

她出去了，走时还把门拍得很响。

神父又问道："她提到我时怎么说，您的母亲？"

"就和一般人说起自己离开的男人差不多；说您为人不随和，让女人厌烦，还说您的那些想法让她日子过得很艰难。"

"她经常这么说？"

"是的，有时候为了摆脱我的好奇追问，故意不说明白，但我能猜出个究竟。"

"那您呢，在那个家里他们对您如何？"

"我吗？一开始很好，后来很差。当老妈发现我坏了她的好事，就把我攘出来了。"

"怎么会这样？"

"怎么会这样！很简单啊。约摸十六岁时，我做了些荒唐事；结果这些坏蛋就把我扔进了少年教养所，试图通过这样摆脱我。"

两肘搁在桌子上，双手托着两边脸颊，他完全醉了，葡萄酒让他神志不清，他突然有了一种难以抗拒的欲望，想谈论自己，这种欲望往往会让酒鬼口若悬河，说出最不可思议的疯话。

他优雅地微笑着，唇上流露出一种属于女性的魅惑，神父辨认出了这种诱人犯罪的魅惑。他不单辨认出，还感受到了这份魅惑,这让他憎恨却又倍感温柔的魅惑,很久之前曾经征服了他,让他堕落。目前看来,这孩子还是最像他母亲,不是面貌特征相像,是这诱人又虚假的眼神,这骗人的诱惑微笑如出一辙,似乎嘴巴一张,里面倒出的都是些坏人清誉的污言秽语。

菲利浦-奥古斯特讲述道:"啊!啊!啊!自从少年管教所开始,我过的那个日子啊,是那种小说家愿意付上大笔钱买断、用笔记录下来的古怪日子。说真的,大仲马的基督山伯爵所遭遇过的事情都没我的来得离奇。"

他停下来,带着一个醉汉在思考时会出现的冷静严肃的表情,娓娓道来:"倘若想让一个男孩变好,永远不要把他送进少年教养所,因为里头结识的都不是什么好东西。我曾经做过一件好事儿,不过最后结局却很糟。某天夜里,大约九点光景,当我和三个同伴在大马路逛的时候,我们四个都有些醉了,在弗拉克河道附近,我遇上了一辆马车,上头的人都熟睡着,包括赶车人和他的家人;这几个马尔蒂农镇民刚从城里吃了晚餐回来。我拉住了马笼头,把马车牵上了渡船,然后把船推到河中央。因为声响太大,那个赶马车的镇民醒了过来,他什么都没看见,就甩鞭子。那马跑了起来,连马带车跳进了水里。所有人都淹死了!那几个同伴告发了我。他们看到我进行恶作剧的时候，一开始可是大笑的。真的，我们不曾想过事情会发展到如此糟糕的地步。我们只不过希望看到他们在水里洗个澡，让大伙儿乐一乐。"

"自此之后，我做过许多更不堪的事情，都是为了对这第一件事进行报复，我发誓，这件事不该让我进教养所的。不过后来那些事情没必要一一说出来。我只和您说一下最后这件，我肯定这一件会让您高兴的，我为您雪耻了，老爸。"

神父看着他的儿子，从他的眼中看得出受到了惊吓，他什么都吃不下了。

菲利浦-奥古斯特正要开始说。

"不，"神父说道，"现在先别说，等会儿再说。"

他转过身敲击，让中国铜锣荡出了尖锐的响声。

玛格丽特马上进来了。

她的主人用粗鲁的语气发出命令，而她则低下了脑袋，既害怕又温顺："把灯给我们拿来，还有能吃的东西也一并端上来，然后我不敲锣你就不要出现了。"

她走了出去，回来的时候在桌布上摆上一个白瓷底座绿色灯罩的台灯，一大块奶酪，水果，然后离开了。

神父坚决地说道："现在，我听着您讲吧。"

菲利浦-奥古斯特平静地将甜点装进盘子，将酒杯倒满。尽管神父几乎没沾上一口，第二瓶酒也几乎空了。

年轻人继续结结巴巴地说道，因塞满食物和酒醉的缘故，嘴巴开始黏黏糊糊，说话也不利索了："最后那件事是这样的。这件事令人难以置信：我回到了家里……我留在了那里，尽管他们都不情愿，因为他们都怕我……怕我……啊！不该让他们烦我，我……我可是什么都干得出来的，倘若他们烦我的话……您知道的……他们两个可以算生活在一起，又不算真正在一起。那家伙，他有两个家，一个是作为参议员的家，另一个是作为情夫的家。但他在老妈这里住的时间比在那个家更多，因为他没法离开老妈。啊！……这就是一个灵敏有手段又强势的女人……老妈……她很精通怎么摆弄男人！她把他从身体到灵魂都俘虏了，把这个男人一直霸占到了生命的最后。笨死了，这些个男人！于是，我回来了，我用恐惧掌控了他们。如果有必要的话，我什么都在行，戏弄，诡计，还有玩手腕儿，我怕谁啊。当老妈病倒后，他把她安顿在默朗的一处漂亮住所里，在花园中央，就像森林那么大。这种情况持续了十八个月左右……我刚才和您说过了。接着，我们感到最后的日子快来了。他每天都从巴黎赶到这里，他显得很悲伤，该是真的伤心吧。

"某一天早晨，他们一起叽里咕噜闲谈了大约一个小时，我正思索着他们到底有什么话题能谈那么长时间，这时有人叫我去。老妈对我说：

"'我快死了，现在有些事，我该告诉你实情，虽然伯爵不同意。'她提到那个男人的时候总称呼他'伯爵'。'这是你亲生父亲的姓名，他还活着。'

"我曾经问过她不下百次……不下百次……我亲生父亲的姓名……不下百次……但她一直都拒绝说出来。我甚至以为，某天我得去甩她几个耳光才能让她开口，可那没有屁用。而且为了摆脱我的纠缠，她甚至说您穷困潦倒地死了，说您是个无赖，是她年轻时犯下的错误，专门欺骗小女生的家伙什么的。她说得好像真是那么一回事，我就给蒙骗了，完全相信您已经死去是事实。

"她对我说道：

"'这是你父亲的姓名。'

"另外那人，坐在沙发椅里，抗议了三次：

"'您做错了，您做错了，您做错了，萝塞特。'

"老妈坐在床上。我看她依然两颊红润，眼睛闪亮，不管怎么说，她还是很爱我的；她对那人说：

"'为他做点什么吧，菲利浦！'

"和他说话时，老妈总是唤他'菲利浦'，而我成了'奥古斯特'。

"他像疯了一样喊道：

"'为这坏蛋，永远别想，为这流氓，这惯犯，这……这……这……'

"他找出了一堆名称来招呼我，仿佛花了一辈子动脑筋找这些字眼。

"我快要生气了，老妈让我闭了嘴，她对那人说道：

"'这么说，您想让他饿死啊，我可是身无分文。'

"他不慌不忙地反驳道：

"'萝塞特，我每年给您三万五千法郎，从三十年前就开始，这会儿总数该超过一百万了。您靠我过上了有钱女人、受宠女人的日子，我可以说，您算得上幸福的女人。我不亏欠这个乞丐任何东西，他糟蹋了我们最后的这几年，所以我不会给他任何东西。再坚持也没有用。如果您乐意，可以让他改成那个男人的姓。虽然深感遗憾，但我很高兴自己撇清了干系。'

"于是老妈转头看我。我心里说：'好啊……这下我找到真正的父亲了……倘若他有大笔钱，我就得救了……'

"老妈继续说道：

"'你父亲，德·维尔布瓦男爵，现在被称作维尔布瓦神父，在离土伦很近的嘉兰度当神父。他曾是我的情人，

后来我离开他和这位在一起。'

"她把所有事情就这么告诉了我，只除了没提及她在怀孕这件事上欺骗了您。但女人，您是知道的，她们一向不说真话。"

他再次毫无意识地冷笑，自然地流露出自己卑劣的一面。他继续喝酒，脸上依旧显得很快活，又说道：

"老妈两天……两天后就死了。我们护送她的棺材去了墓地，他和我……滑稽吧……说起来……只有他和我……再加上三个佣人……没别人了。他泪流满面，哭得像头奶牛……我们肩并肩……有人说像是爸爸和爸爸的乖儿子。

"然后我们回到了家中。只剩下我和他两个了。我暗自说道：'该身无分文地溜走了。'反正身上刚好有五十法郎。可我又该如何报复他呢？

"他碰了碰我的手臂，对我说：'我有话对您说。'

"我跟着去了他的书房。他坐在桌子前，满脸泪水，说话含糊不清，他告诉我说，他不会像和老妈说的那样恶毒地对待我；他请我不要去找您麻烦……这个……这个和我们有关，和您还有我……他给了我一张纸币，一千……一千……一千……拿着这一千法郎我能干些什么……我……像我这样的一个男人？我看到抽屉里还有其他的千元大钞,一大叠。看到这些纸币,我有了持刀杀人的欲望。我伸出手像是去接他给我的那张,但我不是拿他的施舍,而是扑到他身上,我把他狠命推倒在地,掐他的喉咙,掐得他直翻白眼;然后,当我看他快不行了,塞住了他的嘴巴,扒光了他的衣服,我把他身子转过去,然后……啊!啊!啊!……我可是好好地替您报仇雪恨了!……"

菲利浦-奥古斯特太过欢喜,呛得咳嗽起来,从他弯弯翘起的嘴唇以及残忍不羁的唇褶上,维尔布瓦神父总能找到属于那个曾经让他昏了头脑的女人的微笑。

"后来呢?"他问道。

"后来……啊!啊!啊!……壁炉里的火很旺……那是十二月份……太冷了……她死了……老妈……很旺的炭火……我拿起了拨火棒……我把它烧得通红……就这样……我在那人背上烫上十字,八个、九个,我也不记得几个了,接着我再把他身子转过来在肚子上也弄上同样数量的十字。很滑稽吧,嗯!老爸。过去苦刑犯就是这么给弄上印记的。他像条鳗鱼那样扭来扭去地挣扎……不过我还是抓住了他,把他的嘴塞得很严,让他没法喊出声来。随后,我拿走了那些纸钞,足足十二张,加上我之前那张总共十三张……这数字可没给我带来好运啊。我嘱咐仆人开饭之前千万别去打搅伯爵先生,他睡着了,然后我就溜之大吉。我以为那人会顾虑丑闻的影响,对此事守口如瓶,要知道他可是个参议员啊。但我错了。四天后我在巴黎的一家餐馆里被逮住。我在监狱里待了三年。这就是为什么我没能早点来找您。"

他喝个不停,口齿含糊不清,几乎听不清他吐出的词儿:"现在……老爸……神父老爸!……有个神父做老爸还真是怪透了!……啊!啊!要好点,要对我好点,因为我不是个普通人……做了一件好事……不是真的……一件好事……为了老爸……"

曾经,维尔布瓦神父面对背叛他的情妇气得火冒三丈,几欲发狂,如今面对这个卑劣透顶的年轻人,同样的怒火再次冒了上来。

他,曾以上帝的名义宽恕原谅了众多在神秘的忏悔室里被低声道出的下流秘密。如今他感到自己没有半分怜悯之心,也做不到真正意义上的宽宏大量,现在他不再求助于乐善好施、慈悲为怀的上帝,因为他已经明白天地间再无任何庇护力量可以拯救遭遇此种不幸的世间凡人。

早已在传教的热忱中湮灭的炽热心灵和狂躁血液,在难以抑制的愤慨中再次苏醒,他愤慨于这个无赖居然是他的儿子,愤慨于这男人既与他外形相像又与他母亲个性相似,那个不称职的母亲孕育了一个和她一般无二的儿子,他还愤慨于命运不幸地让这个乞丐最终纠缠上他这个父亲,让他像苦刑犯那样必须受到无穷无尽的苦难。

二十五年的虔诚蛰伏和平静突然被这打击惊醒,刹那的心思清明让他可以看见,可以预见未来的一切。

他忽而深信应该对这个坏胚子大声怒吼,让他畏惧,一开始就吓住他,于是,气得咬牙切齿的神父,再也考虑不到此人早已酩酊烂醉,对他说道:"现在您什么话都说了,可以听我说了。您明天一早就离开。到我给您指定的地方去住,没有我的命令不能离开那里。我会给您一笔膳宿费,足够维持生活,但是数额不会大,因为我没钱。只要您有一次违背我的意愿,那就一切全完……"

尽管因为酒精变得迟钝,菲利浦-奥古斯特还是听出了威胁的味道,他身上的罪恶因子忽然又冒了出来。他打着嗝,撂下了这样的话:"啊! 老爸,不能这样对我……你是神父……我逮着你了……你要安分点,就像其他人那样!"

神父跳了起来;这个老年大力士的精壮肌肉,感受到一种无法遏制的欲望,要去捉住那个恶魔,将他像个面团一样捏扁搓圆,告诉他必须屈服。

他对那家伙大喊,摇动桌子,朝那人当胸掷去:"啊! 小心点,小心点……我可是谁都不怕,我……"

那醉鬼已失去平衡,在椅子上左右摇晃。感觉到自己即将摔倒在地,而且在神父面前处于劣势,他伸长手臂,眼露杀人犯的凶光,朝着尚留在桌布上的两把餐刀中的一把摸去。神父看到这动作,他狠狠推了一把桌子,他儿子向后,背朝下栽了个跟头,直直躺倒在地。台灯滚到地上,熄灭了。细微的玻璃撞击声在黑暗中响了一阵;接着像是有柔软身体在石板地上爬行的声音,然后悄无声息。

随着台灯碎裂,黑暗骤然蔓延,如此迅速,如此意外,如此深沉,使得那两人吓傻了,如同听到什么令人恐慌的消息。酒醉的家伙蜷缩在墙边,不再动弹;而神父仍然坐在椅子上,沉浸在这片黑暗中,这片黑色沉溺了他的怒火。罩在他身上的黑幕平息了他的狂怒,也抑住了他灵魂中由愤怒带来的冲动;各种其他的念头涌上心头,如此抑郁、悲伤,一如黑夜的黑。

一片死寂,像在密闭的坟墓中一样,没有生命,没有气息。外面也悄然无声,没有远处马车轮子的转动声,没有犬吠声,甚至没有一丝柔风擦过树枝和墙面的声响。

就这样持续了很久很久，也许有一个小时。然后铜锣突然响了起来！只响了一声，沉重、生硬而猛烈，伴随一阵重物落地和椅子翻倒的怪异巨大声响。

时刻戒备着的玛格丽特跑了过来；但一打开门，看到面前这穿不透的浓黑一片，她害怕得退了几步。接着，浑身颤抖，心突突狂跳，她大口喘着气，低声唤道："神父先生，神父先生。"

无人应答，没有动静。

"我的上帝，我的上帝，"她寻思着，"他们都做了什么，发生什么事了？"

她不敢上前，也不敢点上灯；她发了疯地想溜走，想逃跑，想喊叫，尽管此时感到双腿发软，几乎要摔倒在地。她再一次唤道："神父先生，神父先生，是我，玛格丽特。"

尽管害怕，但她营救主人的强烈本能和某种有时会让女人变英勇的无畏，突然让这个吓坏了的女人异常胆大，她跑回厨房，拿来一盏油灯。

立在大厅的门口处，她止住了脚步。她首先看见了躺直在墙边的流浪汉，不知是真睡着了还是仅仅看上去睡着了，然后是那盏碎裂的台灯，再然后，桌子底下出现了维尔布瓦神父两只黑色的脚以及穿着黑色长袜的两条腿，应该是突然仰面摔倒，头部撞击到了铜锣。

她的心害怕得急速跳动，两手颤抖，一直重复着问道："上帝啊，上帝啊，这是怎么回事？"

她挪动小步，缓缓往前走，踩上某种油腻的东西，脚下一滑，差点摔倒。

于是，她欠身，看到脚下红色的石板上，流淌着同样是红色的液体，在她双脚四周蔓延了一大片，正朝大门快速流去。她猜测应该是血。

她惊恐地逃离，扔掉了手中的油灯，不想再看见任何东西，她赶忙跑进园子，朝村庄飞奔而去。一路上她跌跌撞撞，不时地撞在树上，两只眼睛却一瞬不停地盯着远处的灯火，大声喊叫着。

她尖锐的嗓音在黑夜上空飘荡，如同猫头鹰不祥的叫声，这个声音毫无间歇地嚷嚷着："那个毛发淡……毛发淡……毛发淡……"

当她来到最近的房子旁边，受到惊吓的人们已一涌而出，包围了她；她挣扎着却说不出任何话，因为她已经神志不清了。

人们终于明白神父的园子里定然发生了不幸的事情，一队人拿起武器跑去救援他。

橄榄园中央那漆成粉色的小农舍在深沉静默的黑夜里黑漆漆的，令人难以看清。当唯一的明亮窗户里透出的微光熄灭，就如同合上了眼睛，这屋子也就湮没在重重黑暗中，再无踪迹可寻，倘若不曾在这里土生土长，是断然找不到准确位置的。

过了一会儿，一些火光贴着农田飞奔，穿越树林，来到小屋近前。火光掠过焦枯的草丛，留下绵长的昏黄亮光，飘浮不定的亮光中，橄榄树盘结的树干好似一些恶魔，一些错综扭曲的地狱之蛇。向远处映射的光芒让一些白分分的事物隐隐约约从黑暗中突然浮现，随即，小房子方形的矮墙在灯火中恢复了粉红的本色。几个农民掌着灯，簇拥着两名握着左轮手枪的警察、田园护卫队，村长和几个男人搀着玛格丽特，她已经支持不住了。

在骇人的洞开的大门前，人们迟疑了一会儿。警察队长手持风灯，率先走了进去，其他人也跟着进去了。

女佣人没有撒谎。那已然凝固的血液，如同地毯一般覆盖着石板地面。血一直蔓延到流浪汉跟前，他有一条腿和一只手沐浴在血泊中。

父亲和儿子两个都沉睡着。父亲的喉咙被割开了，陷入了永恒的睡眠，而儿子则是酒醉饭饱，睡意正酣。两名警察扑向那儿子，不及他睡醒便给他的双腕套上了链条。他揉揉眼，吃惊莫名，酒精让他变得迟钝；但当他看见神父的尸体，却惊呆了，似乎对此一无所知。

"这人怎么竟然没逃走?"村长问道。

"他喝得太醉了。"警察队长反驳道。

所有人都赞同队长说的,诚然,没有一个人会想到,维尔布瓦神父竟然会自杀。

1890 年 2 月 14 日至 23 日

西蒙的爸爸

铃声刚刚敲过中午十二点。学校的大门开启，那些小孩子匆匆忙忙，你推我搡，以最快的速度跑出校门。但他们没有像往日里那样，立刻一哄而散，回家吃饭，而是走了几步路停了下来，围成一队一队，开始窃窃私语。

这是因为，今天上午，那个叫布朗肖特的女人的儿子西蒙，第一天来学校上课。

每个人都听家里谈到过布朗肖特这个女人；尽管这女人还颇能被公众接受，但那些身为母亲的人对她怀着的同情心却略带蔑视意味，孩子们虽然对此事的缘由不甚了了，却也带上了这样的心情。

至于西蒙,没人认识他,因为他从不出门,也从不和其他孩子一起在村子的街道或者小河边奔跑嬉戏。而且他们也不太喜欢这个家伙;他们是怀着掺杂强烈吃惊的某种快乐心情来接受西蒙的,而且他们口口相传,重复着这句出自一个十四五岁仿佛知晓很多秘闻、一边说一边眯着眼睛的小男孩口中的话:"你们知道吗……西蒙……他没有爸爸。"

布朗肖特的儿子也出现在校门口。

他约摸七八岁。脸色有些苍白,非常干净,神情腼腆,近乎呆呆的。

他正要回母亲家里,而那些一伙一伙的同学,总在一边窃窃私语一边盯着他看,那目光里流露出那些想戏弄人的小孩特有的狡猾和残酷,他们一点点围绕上来,最终把他完全包围在里头。他就一个人愣愣地站在他们中间,既惊讶又尴尬,完全不明白他们为何这么做。而那个散布出消息的男孩,对取得的成功洋洋得意,他问道:"你叫啥,问你呢?"

那孩子回答说:"西蒙。"

"西蒙什么?"另一个又追问道。

孩子弄糊涂了重复道:"西蒙。"

那男孩朝他喊:"总该叫西蒙啥啥的……单单西

蒙……这可不算是姓名。"

而那孩子都快哭了,第三次回答说:"我叫西蒙。"

那群调皮鬼开始哄堂大笑。那男孩得意地提高了嗓门:"你们可看明白了,他没有爸爸。"

一片静寂。孩子们似乎让这件出奇、难以令人致信、古怪的事情给惊呆了。一个没有爸爸的小男孩;他们把他看作了一个怪人、一个与众不同的人,他们心中对他的轻蔑更厉害了,那种直到现在自己的母亲也不曾解释过的对布朗肖特的蔑视也更深了。

至于西蒙,他不得不撑着一棵大树才能不让自己倒下去;他如同被一场难以挽救的灾害打倒在地的人。他试图解释。但他着实找不到任何话来回击,来否认他没有爸爸这件可怕的事情。最后,不管怎样,他还是脸色惨白地喊了一句:"不,我有个爸爸。"

"那他在哪里?"男孩问道。

西蒙沉默了,他对此也不清楚。孩子们笑着,兴奋异常;这些长在田里的孩子,更像是些小兽,感受到那种当一只母鸡受了伤,整个鸡舍的鸡都会团结一致去结束那只鸡的生命的残酷需求。西蒙突然瞄准了边上的一个同学,他是个寡妇的儿子,和西蒙一样,他也总是只和母亲两个人在一起。

"你也一样，"他说道，"你也没有爸爸。"

"不是，"另一个回答道，"我有爸爸。"

"他在哪里？"西蒙反唇相讥。

"他死了，"那孩子带着无比骄傲的神情说道，"我爸爸，他在墓地。"

小鬼们当中响起一阵赞同的低语声，就好像有个在墓地的死去的爸爸这件事，使得他们的同学形象更为高大，足以压倒不见半个爸爸影子的另一个同学。而这些小顽童的父亲们通常都是些恶毒的人、酒鬼、小偷或者虐待妻子的人，孩子们紧拥在一起，越围越紧，就好像他们这些合法的婚生孩子，要让那个与众不同的小鬼窒息在他们的压力下。

其中一个反对西蒙的小孩，突然对他嘲弄地伸出舌头，大声叫道："没有爸爸！没有爸爸！"

西蒙两手拽住他的头发，伸出脚不停地踢他的腿，而那个则残忍地咬着西蒙的脸颊。一时之间一片混乱。两个扭打的孩子被分开来了，在一圈鼓掌喝彩的调皮鬼中央，西蒙被痛打，衣服撕破了，鼻青脸肿地在地上打滚。当他爬起来，用小手无意识地擦拭沾满尘土的小夹克时，有个人对着他喊："去向你爸爸告状吧。"

于是在他心中感到一种崩溃。他们都比他强壮，他们打他,而他却没有话去回击他们,因为他觉得他是真的没有爸爸。他的自尊心很强,尝试花了几秒钟去憋住泪水。但他感到一阵呼吸困难,然后,无声地,他开始哭泣,一阵阵抽噎让他的身子剧烈地颤抖。

于是,他的敌人们爆出残忍的笑声,自然,这如同一群野兽陷于令人恐惧的欢乐中一样,他们手拉着手,开始在他四周围成一圈跳舞,一边重复着这样的高潮部分:"没有爸爸! 没有爸爸!"

没有父亲的小男孩孤零零一个人,跑向田野,因为脑中浮现一段回忆,这使得他做下一个重大决定。他要去淹死在河里。

事实上他记起了,一周前,有个行乞为生的可怜家伙就投进了水里,因为他身上再无分文。西蒙看到人们把他打捞起来;那个男人,在他看起来,平时很悲惨,又脏又丑陋,那时的样子却让他大受震动,他看上去神情宁静,脸色苍白,长胡子湿淋淋的,两眼紧闭,十分平静。周围的人说:"他死了。"但有人插了一句:"他现在很幸福。"西蒙之所以选择去淹死,是因为他没有父亲,就像这个可怜家伙没有钱一样。

他来到水边,看着河水流淌。河里几条小鱼在嬉戏,迅捷地穿梭在明亮的流水中,不时跃到水面,突然抓住在水平面飞舞的蝇虫。他停止了哭泣，看着这些鱼，它们的狡猾伎俩让他很感兴趣。但有时候，就像暴风雨间隙暂时的平静时刻里一下子刮过一阵狂风，吹折了树木，再消逝在地平线，他又会升起一种尖锐的痛苦："我要去淹死，因为我没有爸爸。"

天气炎热，十分晴朗。温和的阳光照得草地暖洋洋的。水珠像镜子一样闪烁着。西蒙获得了片刻的怡然自得，泪水流过后的虚软无力让他很想在这里睡上一觉，在暖洋洋的日头下、在草地上酣睡。

一只小小的青蛙跳到他的脚下。他想捉住它，却让它逃了。他追着青蛙，却连着三次都没抓着它。最后他抓住了青蛙后脚的末梢，看到这个小家伙拼尽全力想要逃走的模样，他笑了起来。它收起自己的四肢，接着，出人意料地放松，骤然伸展四肢，像两条僵直的长棍；同时，它镶金的眼帘里大眼睛鼓得圆滚滚的，它自由划动前肢，就像人挥动双臂那样。这让西蒙想起了某种儿时的玩具，就是许多窄长的小木板用钉子一条接一条钉成九曲十八弯的样子，用一个类似的动作，让钉在上面的玩具兵做操。然后他想到了他的家、他的母亲，又是一阵伤心，他又嘤嘤哭了起来。他感到四肢一阵战栗；他双膝跪地，像每晚睡前那样做祷告。但他没能完成，因为抽泣来得如此突然，如此汹涌，把他整个都卷了进去。他什么也不想；他再也看不清四周，他只忙着在那里哭泣。

突然，一只重重的大手压上了他的肩膀，一个粗大的嗓门问他："什么事让你如此悲伤，娃娃？"

西蒙转过头。一个蓄着胡子，拥有一头卷曲黑发的高个子工人表情和善地看着他。他满面泪水，嗓子也抽噎着，回答说："他们打我……因为……我……我……没有……爸爸……没有爸爸。"

"怎么会呢，"那男人微笑着说道，"每个人都有爸爸呀。"

小孩子在悲伤的抽搐中艰难地继续说道："我……我……我没有爸爸。"

工人的神情严肃起来；他认出这是布朗肖特的儿子，尽管来到这里不久，他还是隐约知晓些她的故事。

"来吧，"他说道，"别难过了，孩子，来，我带你去你妈妈那儿。会给你一个……爸爸的。"

他们上路了，大个子拉着小孩子的手，那男人又微笑了，因为去见布朗肖特这件事不会让他不快，听说这个女人是本地最漂亮的女子之一；在他的思想深处，也许这么对自己说，一个犯过错的姑娘还是会再次犯错的。

他们来到一座白色的小房子前，房子很干净。

"就这里了，"小孩子说着，接着他大喊："妈妈！"

一个女人出现了，而工人一下子收住了笑容，因为他立刻明白，必须严肃对待这个表情正经站在门前的肌肤苍白的高个子女人，她的样子就像要阻止一个男人跨进这座屋子，在这里另一个男人曾经背弃了她。那不安的男人手里拿着帽子，他支支吾吾道："看吧，夫人，我把您的孩子送回来了，他在河边迷了路。"

而西蒙则扑到他母亲的怀里，勾着她的脖子又开始哭泣："不，妈妈，我本来打算淹死自己的，因为别人打我……打我……因为我没有爸爸。"

那年轻女人的脸颊浮上一片绯红，直映到肌肤的深处，她狠狠地抱住她的孩子，大颗大颗的泪珠从脸上滚了下来。那个感慨的男人就呆呆站在那里，不知道怎么离开。但西蒙一下子跑到他跟前对他说："您愿意做我爸爸吗？"

一阵沉默。布朗肖特哑口无言，正受着羞愧的折磨，她靠在墙壁上，双手捂着心脏。小孩子看没人回答他，就继续说道："如果您不愿意，我再回去淹死自己。"

工人把他的话当戏言，笑着回答说："我很乐意啊。"

"你叫什么名字？"小孩子问道，"如果那些人要知道你的名字，我得告诉他们。"

"菲利浦。"男人回答道。

西蒙沉默了一会儿要牢牢把这个名字记在脑子里，接着他伸出双臂，很欣慰地说道："很好！菲利浦，你是我爸爸。"

工人把他从地上抱了起来，猛地亲了亲他的双颊，然后跨着大步子迅速地逃走了。

当小男孩第二天到学校去的时候，一声恶毒的笑声迎接着他；在校门口，当那个男孩子打算再来一次的时候，西蒙把这些话当小石子一样扔到他脸上："他叫菲利浦，我的爸爸。"

像吼声一样的欢乐笑声从各个角落冒了出来："谁是菲利浦？……姓什么的菲利浦？……这又是什么呀，这个菲利浦？……你从哪里找来的这个菲利浦？"

西蒙没有回答；信念丝毫没有动摇，用眼神藐视他们，准备着再被他们折磨也不会在他们面前逃避。学校老师解救了他，他回到了母亲家里。

三个月中，高个子工人菲利浦经常来到布朗肖特家附近，有时候他看到那女人在床边做女红，就鼓起勇气想和她说说话。她很礼貌地回答他的话，总是神情严肃，从来不对他笑，也不让他进家门。然而，就像所有男人一样，他有点自我感觉良好，总想象着这女人在和他说话时,脸会比平时红一些。

受损的名誉总是很难重新建立起来,而且总是很脆弱,不堪再受损害,尽管布朗肖特这女人战战兢兢、态度保守,但本地已经开始有闲言闲语了。

至于西蒙,他很喜欢这个新爸爸,几乎每天傍晚,当日色渐沉,他都和他一起去散步。他在学校读书用功,在同学中间故作高傲,从来不回答他们的话。

一天,那个第一个跳出来攻击他的男孩对他说:"你撒谎了,你的爸爸不叫菲利浦。"

"为什么呢?"西蒙激动地问道。

那个男孩搓搓手,继续说道:"因为如果你有爸爸的话,他就该是你妈妈的丈夫。"

西蒙面对这个正确的逻辑开始心慌了,但他还是回答说:"不管怎么说,他还是我的爸爸。"

"也许吧,"那男孩冷笑着道,"但他还算不上你完完全全的爸爸。"

布朗肖特家的小男孩低下头,一脸沉思的表情,来到了卢瓦宗老爹的铁匠铺,菲利浦在那里工作。

这个铁匠铺就像埋在大树下似的。里面光线昏暗,只有巨大炉子里的红色火光照亮了五个光着膀子正在铁砧上轰隆隆敲打着的铁匠。他们都站着,像恶魔一样发红发烫,两眼紧盯着让他们敲击变形的灼热铁块;他们沉重的思绪也随着铁锤的敲击一起一落。

西蒙走近门,没人注意到他,他轻轻走过去拉了拉他朋友的袖子。这位转过身来。手头的活儿一下子停了下来,所有人都看着他,聚精会神。接着,在这不寻常的寂静中,响起了西蒙颤抖的小嗓门。

"你看,菲利浦,米舒德太太的儿子刚才和我说,你算不上我完完全全的爸爸。"

"为什么这么说呢?"工人问道。

小孩子天真地回答道:"因为你不是我妈妈的丈夫。"

没有人笑。菲利浦依然站着,用大手的手背抵着额头,他手里还握着铁砧上放着的铁锤的柄。他沉思着。他那四个同伴看着他,而西蒙就像是一群巨人中的小不点,焦急地等待着他的回答。突然,四个铁匠中的一个,向菲利浦说出了所有人心里的想法:"不管怎么说,布朗肖特都算得上个善良勇敢的女人,尽管遭遇不幸,但还是有勇气规规矩矩地过日子,对一个正派的人来说算得上是个般配的女人。"

"说得对。"另外三个铁匠说道。

那个工人又继续道:"说起她以前犯的错,难道是这个女孩的责任吗?那人本来是承诺要娶她的,我认识的人中，现在做人规矩，但以前有过类似事情的可不只一个。"

"说得对。"那三个男人像大合唱一样回答道。

那个工人又说道："那个可怜的女人独自抚养儿子吃了多少苦，她除了上教堂便一直避不出户，背地里又流了多少眼泪水，恐怕只有上帝才知道吧。"

"这也是事实。"那几个又说道。

于是大家只听得见吹风机鼓吹炉火的声音。菲利浦突然向西蒙俯下身子："你去告诉你妈妈，我晚上有话对她说。"

接着，他推着小男孩的双肩把他送到了外面。

他重新回来工作，一下子，五把铁锤又一起敲在了铁砧上。他们就这样打铁打到夜里，强劲、有力、欢快，就像心满意足的铁锤一般。就像天主堂的大钟在节日里回响起来，响过了其他小钟铃的声音一样，菲利浦的铁锤声超过了其他人的，每一秒每一秒都带来震耳欲聋的声响。而他，眼睛闪亮，站在火星四溅的地方，忘情地捶打着。

天空中缀满星星，他敲响了布朗肖特家的大门。他穿着礼拜日才穿的好衣服，一件颜色鲜艳的衬衣，胡须修剪齐整。那年轻女人出现在门口，带着苦恼的神情对他说："那么晚来这里不太好，菲利浦先生。"

他想回答什么，却在她面前支支吾吾局促不安起来了。

她继续说道："您应该能理解现在不该让别人再谈论我了。"

于是，他突然出声。"如果您愿意成为我妻子的话，"他说道，"又会怎么样呢？"

没有回答的声音，但他相信听到了房间里的阴暗处有人倒下的声音。他很快走进房间；已经睡在床上的西蒙依稀分辨出亲吻的声音和他母亲低声说出的几句话。接着，突然，他感到被他的朋友抱了起来。他的朋友用大力士般的手臂抱起了他，对他喊道："你对你那些同学就这么说，你爸爸是铁匠菲利浦·雷米，如果谁再欺负你，他会去拧他的耳朵。"

第二天，学校里人都齐了，马上开始上课，小西蒙站起身，脸色苍白，嘴唇也在颤抖。"我爸爸，"他响亮地说道，"他叫菲利浦·雷米，是个铁匠，他说如果谁再欺负我，他会去拧他的耳朵。"

这下子，没有人再笑了，因为大家都很熟悉这个铁匠菲利浦·雷米，这可是个人人都会感到骄傲的爸爸。

1879 年 12 月 1 日

等　待

晚饭后，男人们在吸烟室聊着天。大家谈论的无非是些意料之外的遗产继承或是来得莫名其妙的遗赠之类的。这时，勒布鲁芒老板走了过来，背靠在壁炉边，大家伙儿有时候称他"有名的老板"，有时候又唤他"出名的大律师"。他说：

我这阵子正在寻找一名在某种特别糟糕的情况下失踪的遗产继承人。这种事情是平常生活中会出现的，属于某种很简单但极其残忍的悲剧故事；这种事儿可不是每天都能遇上的，但绝对是我所知道的那些故事中最让人觉得恐怖的。事情是这样的：

大约六个月前吧，我被叫到一个垂死的老妇人跟前。她对我说道：

"先生，我想请您接受一件很棘手、很困难又可能旷日持久的委托。请您先过目一下我的遗嘱吧，就在桌子上。即便您完不成委托，我也会给您五千法郎的事务委托费，如果您办成了这件事，您将得到十万法郎的酬劳。您需要在我死后找到我的儿子。"

她让我帮她在床上坐起身，这样就能方便她说话，因为她的话语断断续续，每说一句就喘个不停，嗓音像是在喉咙里呼啸着。

我接受委托的这家人极其富有。房间显得奢华但不烦琐，蒙着像墙那么厚实的布艺织物，一眼望去是那么的柔和，使人有一种受着爱抚的感觉，如此静默，隔去了喧嚣，在此地，一切话语好像会钻进去，旋瞬即逝，最后消失殆尽似的。

弥留的老妇人又说道：

"您是第一个听我述说这段恐怖往事的人。我会努力撑着讲完的。我知道您是个好心肠的先生，同时又是个高贵的先生，我需要您了解事情的全部经过，这样您才能真心地尽您所能帮助我。

"听我说。在我结婚之前，曾爱过一个年轻人，但我的家人拒绝了他的提亲,原因是他不够富有。于是,没过多久,我嫁给了一个非常有钱的男人。像许多其他的年轻女孩那样,我就这样无知地、害怕地、顺从地、随随便便地嫁给了他。

"婚后,我为他生了个孩子,是个男孩儿。我丈夫没几年后就去世了。

"而那个我爱过的男人也结了婚。当他看到我成了寡妇,为自己不再是自由之身而感到痛苦无比。他跑来找我,在我面前哭泣着,抽噎着,让我的心碎成了一片一片,于是他成了我的朋友。也许那个时候我根本就不该接受他。可您说我又能怎么办呢?我孤身一人,那么伤心,那么孤立无助,那么绝望!而且,我还在爱着这个男人。有时候,人总会受到那么多煎熬!

"我的世界只剩下他一个人了,我的父母也已经去世。他经常来我这里;有时候整夜整夜地陪伴我。我其实就不该让他如此频繁地来我这儿,因为他早已娶了妻子。但我实在没有力量阻止他这么做。

"我该怎么说?……这个男人成了我的情人!事情是如何发展到这一步的?我怎么会知道?谁又知道呢?您觉得,两个人相爱,被这种令人难以抗拒的力量推向一起的时候,他们还能有其他的选择吗?先生,您觉得,当您面对您所钟爱的人，面对他的请求、他的哀求、他的泪水、他那令人恐慌的言语、他的下跪、他疯狂的爱情，而这个人，您是那么想让他幸福，哪怕他再小的要求也要满足，是那么希望尽可能给予他所有的快乐，您会忍心让他失望，而去一直反抗，一直斗争，一直拒绝，只为了捍卫上流社会的荣誉吗？您得花费多大的气力，对幸福做出多大的放弃，要多么的忘我，甚至不能诚实地自私一回，难道不是吗？

　　"所以，先生，我最终成为了他的情妇；而我感到很幸福。在这之后的十二年里，我一直很幸福。我成为了，我居然成为了他妻子的朋友，这是我最大的弱点和做过的最卑鄙可耻的事情。

　　"我们一起抚养我的儿子长大，让他成为一个男子汉，一个真正的男子汉，智慧，充满理智和意志力，为人慷慨，心胸宽阔。他十七岁了。

　　"而他，年轻的小家伙，喜欢我的……我的情人的程度居然不亚于我本人对他的爱，因为他是在我们两人共同的爱护和照料下成长起来的。他称呼他："好朋友"，对他无比尊敬，从他那里学习睿智的人应当懂得的知识，以他作为正直、荣誉和诚实的榜样。他把他看作他母亲正直、忠诚的老朋友，像是某种精神上的父亲、良师益友、保护者,或者我也不清楚的某种身份。

"也许他从来都没对此起过疑心,早早就习惯了,从他还很小的时候开始,就看到这个男人出现在家里,在我和他的身边,不停地为我们奔波。

"某天晚上,我们三人相约一起吃晚饭(这对于我而言就算是盛大节日了),我等待他们两人的到来,猜测着两人中谁会先到。门打开了;是我的老朋友。我走向他,伸出双臂;而他则在我的双唇印下了一个幸福的长吻。

"忽然有一个响声,几乎难以察觉的轻轻嚓啦声,这种神秘的感觉显示有人在那里,我们浑身一颤,蓦然转过身。让,我的儿子,就站在那里,脸色铁青,瞪着我们。

"猛然被一阵惊慌失措攫住,我后退,向我的儿子伸出手,就像祈求一般。我没有看见他,他离开了。

"我们两个狼狈不堪,满脸震惊的神色,都没法开口说话。我瘫软在沙发椅里,突然有了一种惭愧而强烈的欲望,我想逃走,想在这黑夜里离开,永远的消失。接着一阵抽搐的哽咽声从我的喉咙逸出,我哭泣着,身子因为痛苦而不停地抖动,灵魂仿佛被撕裂一般,所有的神经都紧绷着,为着这不可挽回的不幸所带来的令人害怕的感受和这个时刻作为一位母亲心中所承受的痛苦莫名的羞愧。

"而他……在我身边,显得很害怕,生怕孩子回来会看到,所以既不敢靠近我,也不敢对我说话或者抱住我。最后他说道:'我去把他找回来……把实情告诉他……争取他的理解……总之我得看到他……让他知道……'

"说着,他出去了。

"我等待着……伤心欲绝地等待着,最细微的声响也会惊动我,恐惧让我不安,我不知道自己对壁炉里每一次微弱的爆裂声持有怎样一种莫名的和无法忍受的感觉。

"在等待中,一个小时过去了,两个小时过去了,我感到心中一种陌生的惊惧,一种焦虑在膨胀,以至于我觉得最为邪恶的犯人,恐怕也不想经历哪怕十分钟这样的煎熬吧。我的孩子在哪里?他在做什么?

"临近午夜,一位警官带来了我情人的一张条子。我至今仍然记得上头写了什么。

"'您儿子回来了吗?我没找到他。我在楼下。这个时间我没法上楼来。'

"我用铅笔在同一张纸上写着:'让没有回来;您必须找到他。'

"整夜我都窝在沙发椅里,等待着。

"我变得很疯狂,我想大声嘶吼,想奔跑,想在地上打滚。但我一动没动,一直在等待。他身上发生什么事了?

我试着了解，试着猜测。但是我什么也想不到，尽管我是那么努力地去想，尽管我的灵魂是那样的苦楚！

"我开始害怕他们两个人会遇上。他们会如何做？我的孩子会如何做？令人害怕的猜测快要把我整个人撕碎了，尽是些可怕的猜测。

"您一定能明白这点的，是吧，先生？

"我的女佣人对此还一无所知，她不理解我为什么会这副模样，不停地跑到我跟前来，她一定认为我疯了。我用简短的话或者一个动作打发了她。她去找来了医生，医生来的时候我已经被折磨得神经错乱。

"他们把我弄上了床。我发起了烧。

"当我病了许久再次清醒地时候，我看到我的床边，我的……情人……一个人在那里。我大喊道：'我的儿子呢？……我的儿子在哪里？'他没有回答。我结结巴巴道：'死了……他死了……他自杀了吗？'

"他赶紧回答：'没有，没有自杀，我对您发誓。但是我们没有找到他，我已经尽力了。'

"'那么，'我突然气极了，甚至于愤怒了，一个人总会有些无法解释、没有理智的怒火，就恶狠狠地说道，'您找不到我的儿子，就不许来见我；您走吧！'

"他走了。自此，先生，我再没见过他两人中的任何一个，而我就这样生活了二十年。

"您想象得出来吗？您能理解这残忍的酷刑吗？我作为一名母亲，作为一个女人的心就这样长久地、永恒地遭受着凌迟，这可恶的等待无穷无尽……对，无穷无尽！……不……等待会结束的……因为我要死了。我死之前再也见不到他们……两个……一个也见不到！

"他，我的情人，每天都给我写一封信，写了二十年；而我，我一点也不愿意看见他，哪怕是一秒钟；因为在我看来，如果他来到我跟前，那一定是我重新见到我儿子的时刻！我的儿子！我的儿子！他死了吗？他还活着吗？他躲在哪里呢？也许是那里，就在大洋的那头，在一个我说不出名字的遥远国度里！他会想念我吗？……哦！他要是能知道的话……孩子们总是那么残忍！他知道他让我受了多大的煎熬吗？他让我活生生的遭受着怎样的绝望和折磨，从年轻的时候一直折磨到我最后的日子，而我是他的母亲，是对他怀着如此强烈的母爱的母亲！说起来，这不是很残酷的事吗？

"您要告诉他所有的这些，先生，您得对他反复说我最后的这些话：

"'我的孩子，我亲爱的孩子，对可怜的人不要那么残忍。生命已经如此残酷无常！我亲爱的孩子，想一下你的母亲,你可怜的母亲,自从你离开后,过的什么日子吧。我亲爱的孩子,原谅你的母亲,热爱她吧,现在她已经死了,因为她已遭受最残酷的惩罚。'"

她喘着粗气,微微颤动,仿佛他儿子就站在她跟前听她讲话。接着她又说道:"先生,您还要对他说,我再也没有见过……那个男人。"她又沉默了,然后用破碎的嗓音继续道:"现在请您让我一个人待着吧。既然他们都不在我身边,我想一个人独自死去。"

勒布鲁芒老板又说道:"然后,先生们,我就离开了那里,哭得像个傻瓜,使得我的马车夫几次回过头来看我怎么回事。要知道,每一天,在我们周围总会发生一大堆这类的憾事!我没有找到那个儿子……那个儿子……随便你们怎么想;在我看来,那个儿子就是一个……十足的罪犯!"

1883 年 11 月 11 日

我的叔叔于勒

　　一个胡子花白的穷苦老头向我们乞讨。我的同伴约瑟夫·达夫朗士给了他一百文钱。我对此很吃惊。他于是对我说：

　　这个穷人让我想到了一件往事，而这往事每每都会涌上我心头。我说给你听听，故事是这样的：

　　我家原籍在勒阿弗尔，并不富有。一家人勉强凑合着过日子，仅此而已。我的父亲每天工作到很晚才从办公室回家，却赚不了多少钱。我上头还有两个姐姐。

　　我的母亲总是为着我们一家人生活的窘迫而发愁，她总能找到些尖酸刻薄的话语去刺激她丈夫,尽是些含沙射影的恶毒指责。而那个可怜的男人这时候总会做出一个动作,让我看了深深痛心。他张开手抚摸额头,就像要擦拭根本不存在的汗水,而且总是一言不发。我可以感受到他那种无可奈何的苦楚。我们在一切方面省吃俭用;从不接受一顿晚餐邀请,因为知道自己没有财力回请别人;所有的食物都在大减价的时候购买,尽是些店铺里囤积的陈货。我的姐姐们都是自己做衣裳,买十五文钱一米的饰带时还要谈上半天的价讨个优惠。我们平日里吃的都是肉汁浓汤和用各种酱料烹饪的牛肉。据说这个东西既卫生又对身体好;但我还是情愿吃些别的什么。

家里每天都上演着因为我掉了纽扣或者长裤开裂而引起的令人难以忍受的斥责场面。

但每个礼拜日,我们都会一家子盛装出游,到海堤上散散步。我的父亲,穿着礼服,戴着大礼帽、手套,让我母亲挽着胳膊,而我母亲则穿得好似节日里挂满彩旗的舰艇一样。我的姐姐们早早做好了准备,只等出发的讯息;而到最后一刻总能在父亲的礼服上发现一块忘记清除的污渍,接着是匆匆忙忙用沾了汽油的抹布抹去污渍。

我的父亲头上戴着那顶大帽子,穿着小背心,露着两管衬衫假袖,等待着清污的工作完成,而我的母亲则戴上近视眼镜,脱下手套以免弄脏它,然后急急忙忙地擦拭着。

我们全家盛大隆重地上路了。我的姐姐们手挽着手走在最前面。姐姐们正值当嫁的年龄,所以常常带着她们到城里,让人们看看。我在母亲的左手边,而父亲则在右手边。我依然还记得我那可怜的父母在礼拜日的散步时故作庄重的神情、他们刻板的行为和严肃的态度。他们重重地踏出步子,身杆挺得笔直,双腿僵直,就如同这是一件极其重要的事情。他们对言行举止有着很高的要求。

而每个礼拜日,看着来自遥远陌生国度的大轮船开进港口的时候,我父亲总是一成不变重复着同样的句子:"唉!要是于勒能在那船上,该是多大的惊喜啊!"我的叔叔于勒,我父亲的弟弟,是我们家的唯一希望,可他以前却曾是家里的祸害。我从孩提时就听说过关于他的故事,我对他是如此熟悉,我想我看到他应该可以一眼就把他认出来。我知道在他动身去美国之前,生活中所有的细枝末节,尽管家里人只会悄悄地低声谈论他的这段生活过往。

似乎他以前操行不佳,也就是说他曾经挥霍金钱,这对于穷人家庭而言是最大的罪恶。在富人眼里,一个爱玩乐的人不过犯犯小错，这种人被人戏称为花花公子。而在生活拮据的人眼中，一个能逼得父母耗老本的家伙，就是个坏人，是个混蛋，是个流氓！

这种区分极有道理，虽然事情是一码事，但对于行为的好坏进行评判时，却是单看造成后果的严重性的。

最终于勒叔叔在吃光了他自己那份财产后，让我父亲能继承的部分也大大缩水。

所以，就像那个时候的人常做的那样，他登上了一艘从勒哈弗尔驶往纽约的商船，踏上了美洲之行。

一到达那里，我的叔叔于勒就做上了不知什么买卖，他在信中写道，自己赚了点钱，希望能够弥补一些他给我父亲造成的财产损失。这封信在我的家庭中引起了极大的震动。曾经一无是处的于勒，曾经如大家所述，那样一文不值的于勒，摇身一变成了个正直、善心的男人，成了达夫朗士家族的好儿郎，和达夫朗士家的人一样公正无欺。

此外，一名船长又告诉我们，他租下了一个很大的铺子，做着大笔的贸易。

他两年后的第二封信，上头写着："亲爱的菲利浦，我写信告诉你，不用担心我的健康状况，我身体棒着呢。生意做得也不错。我明天要动身去南美做长期旅行。也许会有好几年没法给你音讯。如果我没给你写信，也不要担心。一旦我发了财，我就会回到勒阿弗尔。希望这一天不要等待太久，那时我们就能幸福地一起生活了……"

这封信为全家带来了福音。全家人一有机会就把它拿出来读一读，见人就出示给他看一看。

确实，整整十年，我们没有任何关于于勒叔叔的消息；但随着时间的流逝，父亲的希望越来越大；而我母亲也常说："当这个好人于勒回到家里，我们家的情况就能变一变了。这是个什么困难都能解决的家伙啊！"

而每个礼拜日，看到海平面上驶来向天空吐着蛇形黑烟的黑色蒸汽船的时候，我的父亲总是重复那句永恒不变的话："唉！要是于勒能在那船上，该是多大的惊喜啊！"

简直就像马上会看到他挥舞着手帕，大声喊："喂！菲利浦！"

于勒叔叔回国这件事似乎是铁板钉钉了，大家也早就积了一肚子的计划；甚至可以用叔叔的钱在安古维尔附近买上一座乡村小房子。我也不太清楚，说不定我父亲早已就此事进行过了商谈。

我大姐姐今年二十八了；而另一个姐姐也二十六了。她们还没有结婚，这对于所有人来说都是件令人发愁的事情。

终于有个中意二姐的人上门提亲了。他是个没什么钱，却令人尊敬可靠的公务员。我始终认定，正是某天晚上，大家给他看了于勒叔叔的来信，这个年轻人才能不再犹豫，下定决心向我姐求婚。

我们家赶紧接受了他的请求，然后决定在婚礼之后，一家人去泽西岛做次小小的旅行。

泽西岛是个适合穷人去旅游的理想去处。路途不算遥远；乘着轮船渡海，便来到了国外的土地上，这个小岛隶属于英国人。于是，一个法国人，坐上两个小时的船，就可以见识到邻国的居民和风土人情了，据说话直率的人说，这个飘扬着大不列颠国旗的小岛上的风土人情是非常不好的。

这次泽西岛之旅成了我们朝思暮想、日夜期盼、心中唯一的念想。

终于出发了。我现在想起来，觉得这一切恍如昨天发生的一般记忆深刻：蒸汽船停靠在戈兰维尔码头，喷着蒸汽整装待发；我的父亲，惊慌地监督着我们的三件行李被运上船；我母亲不放心地挽着我没嫁人的那个姐姐的手，自打另一个女儿出嫁后，她就感觉到一种失落，如同一只独自留在空空如也的鸡窝里无蛋可孵的母鸡；而在我们身后，新婚小夫妻总是逗留在最后，保持点距离，使得我总要回过头去看看他们。

海船汽笛声鸣起。我们登上船，而轮船则离开海堤，在碧绿大理石桌面般的平静海面上渐行渐远。我们眺望着远方渐渐消逝的海岸，就像那些不常旅游的人一样，感到幸福、自豪。

我的父亲挺了挺西装礼服下的肚子，这件礼服早上可是被家人细心地擦拭去了所有污迹的，因而向四周散发着外出的日子才会有的汽油味儿，平日里只要闻到这股味道，我就明白礼拜日又来临了。

突然，他看到两位先生请两位漂亮的女士品尝牡蛎。一个衣衫褴褛的老水手用一把小刀撬开牡蛎壳，将牡蛎递给先生们，然后由他们再伸手送到女士们跟前。她们以一种极其优美的方式吃着，一边用一条精美的手绢托着牡蛎壳，一边将嘴稍稍往前凑，以免汁水沾到长裙上。然后她们用一个细巧的动作微微吮吸牡蛎汁水，再随手把空牡蛎壳抛进碧波里。

我的父亲恐怕也被这种在行驶的海轮上，如此高贵优雅地品尝牡蛎的动作所吸引了。他认为这看上去高雅、尊贵，很有品位，于是，走到我的母亲和两位姐姐跟前，问道："想不想我请你们吃几个牡蛎？"

想到要花钱，我的母亲犹豫了；而两位姐姐们则是欣然同意。我母亲语气不悦地说道："我怕吃坏肚子。只要买给孩子们就行了，不过不用太多，不然会生病的。"

然后转身看向我，她又添了一句："至于约瑟夫，他就不用了；男孩子宠不得。"

我于是留在了母亲身边，感到自己受到了不公的待遇。我的眼睛追随着我父亲，看着他郑重其事地领着两个女儿和女婿走向那个衣衫褴褛的老水手。

两位女士刚刚离开，我的父亲就教姐姐们应当如何吃才能不让汁水流出来；他甚至想做一番演示，就拿起了一个牡蛎。他试图模仿那两位女士，却立刻将汁水全都溅在自己的西装礼服上，我只听到母亲低声呢喃道："他真该让自己省省心。"

但是，我看到我父亲突然感到十分不安；他退开了几步，眼睛直愣愣地盯着挤在开牡蛎的水手身边的家人，接着，猛然拔脚走到我们跟前。他看上去脸色惨白，眼神也很古怪。他压低嗓门对我母亲说道："真是奇怪极了，这个开牡蛎的男人怎么那么像于勒。"

我母亲很诧异，问道："哪个于勒？……"

我父亲又说道："就是……我弟弟……如果我不是知道他现在人在美洲，而且日子过得很不错的话，我可能真以为是他了。"

我母亲害怕极了，结结巴巴说道："你疯了！既然知道不是他，那干吗还说这些蠢话？"

"你自己去看看吧，克拉利斯；我觉得最好你亲眼去确认一下。"

她站起身去找她的女儿们。我也仔细端详了那个男人。他看上去苍老，邋遢，满脸褶子，眼睛始终没有离开过手上的活儿。

我母亲走了回来。我看到她浑身都在颤抖。她用极快的语速说道："我觉得是他。赶紧去向船长打探下情况。不过要特别小心，别让这个烫手山芋又回到我们手上，现在就去！"

我父亲离开了，但我跟上了他。我感觉心中涌起一阵怪异的激动。

船长是个高个子男人，身形较瘦，留着长长的颊须，他神气地在驾驶台上踱着步，就仿佛他驾驭着驶往印度的大邮轮一般。

我的父亲客套地上前与他攀谈，一边询问着关于他职业上的一些事情，同时还不忘献上一些恭维的话语：泽西岛的重要性是什么？那里有什么物产？人口是多少？风土人情如何？有些什么习俗？土地性质如何？诸如此类。

不明所以的人怕是得认为他们谈论的至少也是美利坚合众国。

然后，他们又谈论起了我们所乘坐的名为"疾速号"的船，接着谈论到了船上的工作人员。最后，我父亲才有些紧张地问道："船上有个开牡蛎的老水手似乎挺有意思。您知道一些这个人的底细吗？"

船长似乎被这个没完没了的谈话弄得有些生气，就冷淡地回答道："这个人是个法国老流浪汉，我去年去美洲的时候捡到了他，就把他带回来了。他似乎在勒阿弗尔有亲戚，不过他不想去找他们，据说好像欠了那亲戚钱。他的名字叫勒……于勒·达芒士还是达夫昂士什么的，反正差不多。好像他在那里有一段日子挺有钱的，然而您瞧瞧他现在都落魄成啥样了。"

我的父亲，脸上失去了血色，两眼慌乱，几乎说不出话来："啊啊，很好……太好了……我不感到奇怪……我非常感谢您，船长。"

说完他就走了，而那个船长一脸困惑地看着他远去。

他回到我母亲身边，脸色非常不好，于是母亲对他说："坐下吧；别人会看出什么的。"

他一屁股落在板凳上，结巴着说道："是他，真的是他!"接着他问道:"我们该怎么办?……"

她很快地答道:"得让孩子们离开。既然约瑟夫什么都知道了,就让他去找他们。得特别小心不要让我们的女婿起疑心。"

父亲似乎给吓傻了,只知道喃喃地说:"真是场灾难!"

我母亲突然一阵狂怒,说道:"我就说这个混蛋成不了气候,总归还会来纠缠我们!看看还能指望达夫朗士家里什么!……"而我父亲又张开手去摸额头,就像往日里被他妻子指责时那样。

她又说道:"现在给约瑟夫点钱,把牡蛎的钱付了。要是让那个穷光蛋给认出来,在船上可有的好瞧了。我们赶紧去另一头吧,别让那个家伙再靠近我们了!"

她站起身,在给了我一百文钱之后他们俩就离开了。

我的姐姐们等着父亲到来,看到是我都很惊讶。我解释说,妈妈有点晕船,然后我问那个开牡蛎的人:"我该给您多少钱,先生?"

其实我很想称呼他为:叔叔。

他答道:"两个半法郎①。"

---

① 一法郎等于二十文。

我递给他五法郎，他找了零钱给我。

我端详着他的手，那是一只满是褶纹的可怜的手，我端详起他的脸，这是一张穷困潦倒的老脸，满面愁苦，神情疲惫，我对自己说："这就是我的叔叔，我爸爸的弟弟，我的叔叔！"

我给了他十文作为小费。他不停地感谢我："上帝会保佑您的，年轻的先生！"

听到这种乞讨者受到恩惠时常有的声调。我想到他可能在那边做过乞丐！

我的姐姐们注视着我，对于我的慷慨之举十分疑惑。

当我把剩下的两法郎交还到父亲手里，我母亲显得很吃惊，问道："怎么会需要三法郎？……这不可能吧。"

"我给了十文的小费。"

母亲跳了起来，瞪着我说道："你疯啦！居然给这个家伙，给这个无赖十文！……"

看到我父亲望了望女婿，给了她个眼色，她没再说下去。

然后所有人都不吭声了。

我们前方有一抹紫色的阴影从海中跃然而出，出现在海平线上。那就是泽西岛了。

当大家靠近海堤的时候，我的心中涌起一阵强烈的愿望,想再见一次我的叔叔于勒,再次走近他,对他说上几句温暖的安慰话。

可是,因为再没有人吃牡蛎了,他早已不见踪影,怕是已经回到他栖身的那个臭气熏天的底舱去了吧,这个可怜的人呐!

当我们返回的时候,我们改乘了圣·马洛的轮船,就是怕再次遇见他。我母亲为此忧心忡忡。

我后来再也没见过我父亲的弟弟!

这就是为什么你会见到我总是给那些流浪汉一百文钱。

1883 年 8 月 7 日

绳　子

　　在戈代维尔镇附近的每一条路上，农夫和他们的妻子都朝这个镇子走来，因为这一天是赶集的日子。那些男人向前走着，步伐平静，他们弯曲的长腿每走动一步，身子都会向前探去，那长腿已经让艰苦的劳作、沉重的犁头压得变了形，那重压甚至使左肩比右肩高出许多；收割麦子时两条腿膝盖外分才能站得平稳，总之，那些长期的艰难的田里农活，使得他们的身材畸形。他们蓝色的粗布装，上过浆，泛着白，就像袖口和领口用白色的绣线作了画一样，在骨瘦如柴的身躯上鼓了出来，仿佛一个即将腾飞的气球，里头冒出一个脑袋、两只手臂和两条腿。

其中一些人牵着拴着奶牛或者小牛的绳子。而他们的女人，则跟在那牲口后头，用仍留有叶子的树枝鞭打着牲口的腰口，让它走得快一些。女人们手臂上挽着一些大篮子，里头时不时这里冒出几只鸡脑袋，那里冒出几只鸭头。她们的步伐比起男人们更为短促而快捷，身子干瘪而笔直，肩上搭着窄小的披肩，两端在平坦的胸前别住，头上包着一块白色布头，紧贴着头发，上面带着一顶软帽。

一辆载着人的长凳马车驶过，拉车的小马一颠一跛地快跑着，猛烈地摇晃着车里的三个客人，两个男人并肩坐，一个女人坐在车子的里头，她抓着车子的边缘，试着减缓这令人难熬的颠簸。

戈代维尔的广场上人潮涌动，人的声音与牲畜们的叫唤声交织在一起。牛的犄角、富有农户脑袋上顶着的饰有长羽毛的高礼帽、农妇们高耸的发髻，所有这些都在人流上方此起彼伏地攒动着。那些尖锐、刺耳、聒噪的嗓音汇成了一阵连续不断的喧哗声，这声音里头时而可以听到一个快活的乡下人强壮的胸腔里冒出的大嗓门，时而则响起某座房子的墙头拴着的母牛发出的绵长的哞哞叫声。四周的一切都带有牛棚、牛奶、厩肥、干草和汗水的气味，并且散发着人体和牲口身上，特别是庄稼汉身上那种难闻的酸臭味儿。

布莱乌迪的乌士高纳师傅刚刚到达戈代维尔，他在朝广场去的时候，看到地上有一小段绳子。这个乌士高纳师傅可是个节俭的地道诺曼底人，他觉得应该把所有可能派上用场的东西都拾回家；所以尽管他身患风湿病，仍然艰难地弯下腰去拾那物件。他从地上捡起了一小段细绳子，小心地将它团了起来，这时看见马具皮件商马朗坦老板站在门前正望着他。他们以前曾因为一笔皮笼头的买卖打过交道，但现在两人已经闹翻了，还在互相怨恨。乌士高纳师傅觉得让对手看到自己在牲畜粪便里捡一段绳子是桩令人难为情的事儿。他赶忙把捡到的东西藏到外衣里边，然后塞到短脚裤口袋里；随即他佯装在地上继续寻找什么东西却一无所获，接着他走向了集市，脑袋向前冲着，仿佛让风湿痛给弄得身子折成了两截。

他很快便融入了熙熙攘攘、缓慢前行的人流。赶集的人因为永无休止的讨价还价而变得十分激动，那些农民摸两把奶牛，然后走开，再走回来，总生怕被人坑了，不敢轻易下决定，他们偷偷观察小贩的眼神，不停地想要识破小贩的阴谋诡计，找出牲口潜藏的毛病。

女人们把大篮子放到脚下，从里头扯出几只家禽，让它们横卧在地上，这些鸡的脚都捆绑在一起，眼神恐惧，鸡冠猩红。女人们先是听着顾客出的价,再一脸漠然、语气生硬地坚持自己的开价,或者突然莫名的决定接受折价卖给对方,大喊着唤回正慢慢走开的顾客:"就这么决定了,昂迪姆老板,我卖给您。"渐渐的,广场上的人越来越稀少,钟声敲过了午时,远方来赶集的人们都散开,涌进了各个小饭馆里。

茹尔丹家小旅馆的大厅里,坐满了食客,那个宽敞的院子里,停满了各式各样的马车,有运货的大车,有轻便马车,有长凳马车,有小马车,还有无数的叫不出什么名堂的马车,被黄澄澄的马粪染得变了色,走了形,到处是修补的痕迹,有的车辕像双臂一样,伸向天空,有的鼻子朝地,屁股朝天。

就在围坐桌边吃饭的那些人身后,有一个巨大的壁炉,里头的炉火燃得正旺,烘得右边那排人的后背暖洋洋的。壁炉里,三根分别串着鸡、鸽子和羊腿的烤肉铁杆转动着;烤肉和肉汁从烤黄的肉层中溢出的诱人香味从炉膛中飘出来,使得所有人心情愉快,垂涎三尺。

所有的土贵族都来这里吃饭,茹尔丹老板既开旅馆又做马具生意,是个有钱的滑头。菜盘子端出来,很快就和一扎扎的黄苹果甜酒一起被风卷残云一洗而空。每个人都谈着自己的生意,买了些啥又卖出些啥。大家交流着关于收成的信息。天气对于绿叶菜而言是不错的,但对于麦子来说则过于潮湿了。

突然一阵鼓声咚咚地从屋子前的院子里传来。所有人都立马站了起来,除了两三个漠不关心的家伙,他们跑到门口、窗边,嘴巴里还塞得满满的,手里捏着餐布。

鼓声停止后,镇公所宣读公告的人用跳跃的嗓音,抑扬顿挫地宣读:"请戈代维尔的居民注意了,请所有来参加集市的人注意了,今天早晨大约九点到十点之间,在博泽维尔大道上,有人遗失了一个黑色皮夹子,内有五百法郎和一些商业票据。请拾得者立刻将皮夹交到镇公所或者交到马讷维尔来的富图内·乌勒布莱克老板那里,将获得二十法郎的酬谢。"

他读完公告就走了。人们又听到远处低沉的咚咚鼓声和宣读公告人再次响起的变轻的嗓音。

于是人们纷纷谈论起这桩事,推测着乌勒布莱克老板能否重新找回皮夹子。午饭就在这样的情况下结束了。

就在大家啜饮咖啡的时候,镇里的宪兵队长出现在门口。

他询问着:"布莱乌迪来的乌士高纳师傅在不在?"

坐在桌子另一头的乌士高纳师傅回答道:"我在

这儿。"

那个队长继续说道："乌士高纳师傅，请您随我到镇公所去一趟可以吗？镇长有事儿找您。"

这个乡下人顿感纳闷，有了些许担忧，他一口喝完了杯里的酒，站起身，背比早上更驼了，因为每次歇息过后，再起步时总是特别困难，他一边走一边说道："我来了，我来了。"

他跟着宪兵队长离开了。

镇长坐在靠背椅里等着他。他是本地的公证人，一个说话郑重其事、严肃的胖男人。

"乌士高纳师傅，"他说道，"有人说看见您今天早上在博泽维尔大道上拾到了马讷维尔的富图内·乌勒布莱克老板的皮夹子。"

这个乡下人给这话弄呆了，看着镇长，对这怀疑落在他头上感到有些害怕，也有些丈二和尚摸不着头脑。

"我，我，说是我捡了他的皮夹子？"

"对，说的正是您。"

"我以我的名誉发誓，我与此事毫无关系。"

"有人看见您了。"

"有人看见我了？那么是谁，谁看见我了？"

"马具皮件商马朗坦先生。"

这时老人才回忆起这么一出，也明白是怎么回事了，他气得满脸通红。

"啊，他看见了我，这个混蛋！他看见我捡了这根绳子，您看，就这个，镇长先生。"

他到口袋里翻了翻，掏出了一小段绳子。

但镇长，显然不相信他，摇了摇头："您可别骗我，乌士高纳师傅，要知道，马朗坦先生可是个诚信的人，他会把这根绳子错看成皮夹子？"

愤怒的乡下人，举起了手，向边上吐了口唾沫，表示以他的人格起誓，他反复说道："可这恰恰是上帝所能见证的事实，是神圣的真相，镇长先生。我以我的灵魂和永福起誓，我还是这么说。"

镇长又说道："在捡到了皮夹子之后，您甚至还在土里找了很久可能遗漏的硬币。"

这个老头又是愤怒又是害怕，简直说不出话了。

"怎么可以这么说！……怎么可以这么说！……这完全都是些诽谤一位诚实绅士的谎言！怎么可以这么说！……"

他徒劳地抗议，没有人信他的话。

他被迫和马朗坦先生对质，但那位重复着同样的证词，一直坚持是自己亲眼所见。两个人整整对骂了一个小时。根据乌士高纳师傅的要求，在他身上搜了一遍，但什么也没搜到。

最后困惑不已的镇长把乌士高纳师傅放了回去，但告诉他这个案子会报给法院，请求裁定再做处理。

这个消息很快散布开了。从一踏出镇公所开始，老头儿就给人围住了，那些人问长问短，或出于好奇，或出于嘲弄，但没有一个人替他鸣不平。他开始叙述关于绳子的故事。没人相信他的话，大家都一笑而过。

他走到哪里，都会被人拦住，或者他自己拦住那些他认识的人，一遍遍不停地重复着他的那些叙述和抗议，翻出他的衣袋，来证明自己的清白。

人们对他说："老滑头，还是走吧！"

于是，他感到不爽，感到生气，为没人相信他而激动、痛心，他不知怎么办才好，只能逢人就说他的事。

夜晚降临；是时候离开了。他和三个人一同上路，他向他们指出他捡到那段绳子的地点；一路上他都在讲着这段经历。

晚上，他在布莱乌迪兜了一圈，只为了给大家讲述这件事。但遇上的尽是些持怀疑态度的家伙。

为此他病了一整夜。

翌日下午一点钟光景，布列东老板农庄里的男仆马里乌斯·普梅尔将皮夹和里面的东西交还了马讷维尔的乌勒布莱克老板。这个男人声称是在大道上捡到的；但因为不识字，就把东西带回家，交给了东家。

这个消息很快在周边地区传开了。乌士高纳师傅也听说了。于是他立刻到处转悠，逢人便讲自己那个有了结局的故事。他感觉自己胜利了。

"这事曾让我伤心呢，"他说道，"这可不是随便什么事，您得明白；这是谎言。没什么比被别人指责撒谎更能毁人的了。"

他整天都在向人述说他的遭遇，对着在大道上经过的人们说，对着小酒馆里畅饮的人们说，对着礼拜日走出教堂的人们说。他还拦下陌生人，对他们说。现在他感到安生了，但是还有些说不清道不明的东西让他不自在。那些人听他诉说的时候总带着嘲弄的神情。这些人看上去并不信服，他总感到有人指着他的脊梁在编派他。

又是一个礼拜二，他来到了戈代维尔的集市，唯一的目的就是去讲述他的遭遇。马朗坦在自家门口，看见他走过，就笑了起来。为什么这副表情？

他找上克里克托的一个农场主攀谈，但那人不等他说完，就给他肚子上来了一下，朝着他大喊："老滑头，算了，别说了！"然后转过身扬长而去。

乌士高纳师傅很吃惊也越发担心起来。为什么别人会称呼他"老滑头"？

他来到茹尔丹小酒馆，坐在餐桌旁，又开始解释事情的经过。一个来自蒙蒂维利耶的马贩子对他大喊："别说了，别说了，老家伙，你那根绳子的故事我早就知道了！"

乌士高纳结结巴巴道："不是已经有人送回了那个皮夹子嘛？"

那个人继续说道："闭嘴吧，老头儿，有人捡到了皮夹子，又找别人把它送回去。神不知鬼不觉嘛！"

这个乡下人目瞪口呆。他总算明白了。他们认为他找了个同伙、一个同谋，把皮夹子还了回去。

他打算抗议。但满桌的人都在嘲笑他。

他饭也没法吃了，在嘲笑声中起身走人。

他回到家中，又气又羞，强烈的怒火和羞愧让他说不出话来；使他感到特别苦恼的是，他具有诺曼底人的狡黠，别人栽赃他的事，他是做得出来的，还会到处炫耀自己手段高明，忽悠了别人。他隐约感到他的清白再难恢复，因为他的狡猾是出了名的。他感到这种备受猜疑的不公正遭遇，简直像给了他当胸一刀。

于是他开始继续讲述他的故事，每天都把故事拉长一点，因为他穿插进了新的理由、更为强烈的抗议、更为庄严的誓约,这一切都是他孤独寂寥、满脑子都是绳子这件事的时候想出来的;他的辩护越是繁冗,观点越是细致,人们越发不相信他。

"这些理由都不过是些谎言。"人们纷纷在他背后这么说。

他感觉到了,非常焦虑,在无望的努力中日渐消沉。

明眼人一看就知道他日渐萎靡。

那些戏谑之辈现在都撺掇他去讲述"绳子的故事"来逗乐,就像让参加战役的士兵讲述战场经历一样。他的精神已经衰弱到极点了。

临近十二月末,他已卧床不起。

在一月份开始的时候,他死了,在弥留的疯魔状态中,他还在为了证明他的清白而努力地重复着这样的话:"一根小绳子……一根小绳子……瞧,就在这,镇长先生。"

1883 年 11 月 25 日

巴蒂斯特太太

当我进入鲁阪火车站的候车室时,第一眼看的是钟。我那班前往巴黎的特快列车还需要等两小时十分钟。

忽然间我感觉自己像是徒步跋涉了十里路那般疲惫;接着我环顾四周,仿佛要在墙上找到一种消磨时间的方式;然后我走出火车站,停步在车站门口,脑中还在不停地寻思着可以干些什么。

道路两旁有两排高低参差、造型迥异的房子,是那种小城市特有的矮房,其间种植着瘦高的洋槐树,这条路顺着一个小山冈而上;道路那头看得见些树木,好像尽头是个花园的样子。

时不时一只猫儿从路面穿过，灵巧地跳过阴沟。一条小狗迅急地嗅着每棵树根的气味，搜寻着残羹剩菜，却没看见一个人影。

一阵阴郁的灰心丧气攫住了我。怎么办？怎么办？我已经可以想象面前放着一杯难以入口的啤酒，一张字迹模糊的本地小报，坐在铁路小咖啡馆里的那种没完没了的情景。正在这时我看见一列灵车队列从旁边的街道转出，正向我所站立的地方走来。

看到灵车让我松了口气。至少为我赢得了多消磨十分钟的机会。但忽然我对它的注意力倍增。跟随死者的居然只有八位男士，其中只有一位在哭哭啼啼。其他几位在友好地交谈着。队列里也没有神父。我思忖着："这该是个非宗教的葬礼。"随后，我想到在类似鲁阪这样的城市里合该有至少百来个思想解放的人觉得有责任这样来表现自己的思想。然后又如何呢？灵车队列的快速行进清楚地表明这些人打算不举行任何仪式地将死者入葬，所以选择了非宗教的形式。

我这种闲来无事萌发的好奇心开始做着种种极尽复杂的假设；可是，当灵车走过我跟前，我萌生了某个古怪的念头：我打算和那八位先生一起跟着灵车走。

队列最后的两位转过身吃惊地看向我，然后两人低声窃语。他们一定是在寻思着我是不是本城人。接着他们去询问前面的两个人，那两个人也开始盯着我看个究竟。这种审视探究的目光让我很尴尬，为了摆脱这种窘境，我走近了他们。对他们行了个礼之后，我说道："先生们，请原谅我打断了各位的谈话。但看着这是个非宗教的葬礼，就赶紧跟上来了，尽管不认识各位送行的这位逝去的先生。"其中的一位男士说道："死者是个女士。"我吃了一惊，接着问道："但这总是个非宗教形式的葬礼，对吧？"

另一位先生，显然打算给我好好上一课的，接过了话头："说算也算，说不算也不算。教士拒绝让死者进教堂。"这下子，我吃惊地"啊！"了一声。我被他给弄糊涂了。

我旁边这位乐于助人的先生压低了嗓音，悄悄告诉我："哦！这件事情一两句话可说不清。这位年轻女人是自杀的，所以人家不让她以宗教仪式入葬。您看那位在最前头正哭着的男士，就是她的丈夫。"

于是，我迟疑地说道："您让我大吃一惊，却也让我好生感兴趣，先生。不知能否冒昧地请您给我讲述一下事情的来龙去脉？若是您不乐意，就当我什么都没说。"

这位先生亲热地拉过了我的手臂："一点都没关系，

一点都没关系。来吧，我们稍微靠后一点。我把这事儿说给您听，这故事可惨着呢。反正到墓地之前，我们有的是时间。您看到那高处的树林了吧；坡道可难走着呢。"

说着他讲了起来：

这个年轻女人，就是保罗·哈默太太，是本地的富商封达内先生的女儿。当她还是个小女孩儿的时候，大约十一岁吧，就遭遇了一件惨事：家里的雇工奸污了她。这个恶徒的粗暴行为让她致了残，还差点为此丢了性命。一场骇人听闻的诉讼揭示了在整整三个月里，这个可怜的女孩子一直受到那个野蛮家伙的凌辱。于是那男人被判终身苦役。

小女孩长大了，却被打上了耻辱、孤独的标记，她没有玩伴，那些大人们也只勉强地亲吻一下她的额头，却弄得仿佛会脏了他们的嘴唇似的。

在全城人的心目中，她俨然成了一种怪物。人们总低声说着："你们看，那个小封达内。"大街小巷，只要有她经过，人人都会驻足观看。她父母甚至找不到女佣愿意领着她散步，别人家的女佣都竭力与她保持距离，就好像女孩子身上有某种传染病，谁挨近就会传给谁似的。

眼看着可怜的小女孩站在那个每天下午都会有一群孩子嬉耍的林阴道上，不免让人心生怜悯。她就这么孤零零地站在她家女佣附近,眼神悲伤地看着其他孩子在那里玩耍。有时候,她难以抵抗和其他孩子玩到一处的诱惑,于是畏畏缩缩地走上前,好像自惭形秽似的悄悄加入一群孩子中间。而很快,那些母亲、女佣、姊姊、阿姨都会疾步从长凳那里奔过来,攥住她们各自看护的小女孩的手,粗暴地把她们拉离这里。于是小封达内还是那样孤零零、狼狈、不知所措地留在原地;然后她开始哭泣,伤心欲绝。接着她捂着脸跑开,抽泣着,冲进女佣的围裙里。

她长大了;而情况也越发糟糕。那些年轻女孩子如瘟疫一般远远避着她。想象一下,这个女孩子再也不用学习如何成长;她没有资格佩戴象征纯洁的橙花;她甚至早在还未学会认字之前,就深深了解了那些母亲惊惶不安地让女儿们去猜测的,只有在新婚之夜才会洞悉的可怕秘密。

她每次上街都由她的女家庭教师陪着,因为家人总是生怕某次新的恐怖遭遇再度降临。当她走在路上,她的双眸总是低敛,某种神秘的羞愧重重压着她,其他的那些年轻女孩,比想象中少了些许天真,一边将阴险的目光投向她,一边窃窃私语,在背后冷笑,但若是她的眼光偶尔瞥向她们,她们又很快地别开脑袋,装出一副漫不经心的样子。

少有人与她打招呼。只有三两个男士会向她脱帽致意。身为母亲的那些女士则佯装不曾看到她。有些个小流氓戏称她"巴蒂斯特太太"，冠上了那个玷污了她、毁了她一生的雇工的姓氏。

无人知晓她的灵魂所遭受的那些说不出的折磨；而她几乎不说话也从不露出笑容。她的父母在她面前也显得不自在，就像她身上带有什么难以弥补的缺陷，应该恨她一辈子似的。

一位出生上流社会的绅士不会主动伸出手帮助一个刑满释放的苦刑犯，是不是？即便这个苦刑犯是他的儿子。封达内夫妇对待他们的女儿就像对待一个刚从苦刑犯监狱释放的儿子那样。

她美丽，肤色白皙，身材高挑，举止高贵。倘若没有这回事，我也会喜欢上她的。

然而，十八个月前，我们有了一个新的专区区长，他一同带来的还有一个私人秘书，那是个奇怪的小伙儿，似乎以前在拉丁区生活过一阵子。

当他见到封达内小姐就爱上了她。别人告诉关于她的一切。他却仅仅回答说："唔！这倒正好对未来是个良好的保障。与其婚后遇上这种事，我倒情愿在婚前。有了这样一个老婆，我一定能高枕无忧。"

他对她展开追求，向她求婚，最后娶了她。他脸皮厚，若无其事地带着新娘到处拜客。有些人回访了他们，有些人则仍然躲着他们。最终，人们开始忘记这桩事情，而她也重新找回了在上流社会的位置。

得和您说一下，她爱她丈夫就像爱上帝一样。想象一下，正是他为她找回了体面，是他使她重新回到公共法律的保护之下，是他冲破舆论并迫使舆论接受她，是他面对侮辱完成了某种其他男人鲜能完成的勇敢行为。故而，她对他的爱是热烈又提心吊胆的。

她怀了孕，当人们获悉她怀孕的消息，即便那些最冒刺的家伙也开始向她打开了大门，仿佛她的污浊最终因为母爱而被漂净。真是滑稽，但事情就是如此……

一切都在向好的方向发展，直到某一天，我们迎来本地的主保瞻礼节。在智囊团和地方官员簇拥下，区长主持了乐队比赛，在他的演讲结束后，就开始了颁奖仪式，他的私人秘书保罗·哈默将奖章颁给每位获奖者。

您要知道，这类的活动总能让一些人因为嫉妒和竞争而失去方寸。

城里所有的女士都在那里，在看台上。

轮到了莫米伊翁镇的乐队领队上前受奖了。但这个乐队只获得了二等奖章,总不能人人都得一等奖章吧,是不是?

当秘书先生把奖章授予他,这个男人却把奖章扔到了秘书的脸上,还大声喊着:"你还是把奖章留给巴蒂斯特吧。你还欠着他呢,甚至是一枚一等奖章也不为过。"

于是一大群人笑开了。这些老百姓既不知慈悲为何物也不懂得方寸,所有人的目光都转向了那位可怜的女士。

哦,先生,不晓得您是否见过一个女人如何疯掉?没有。那么,我们正目睹这一幕!她站起身又连着三次倒进座椅里,好像她想逃离这一切,却又明白自己无论如何都走不出这周围的人群。

就听到什么地方有个声音还在喊:"喂!巴蒂斯特太太!"然后一阵熙熙攘攘声,混杂着快活和愤怒的声音。

是声浪,是喧嚣;所有的脑袋都在攒动。人们重复着这个词;人们踮起脚跟只为了看看这个可怜女人的脸;那些做丈夫的将妻子举高了看那个女人;人们都问着:"哪个女人,那个穿蓝色衣服的?"那些半大男孩子都操着公鸭嗓子;到处都是大笑声。

她发了痴似的,倒在豪华的座椅里一动不动,如同她是展示给人群参观的物件。她既不能逃也不能动,更不能隐蔽自己的面容。她的眼帘快速地闪动,如同让一束强烈的光芒灼伤了眼睛;她喘着气,像一头爬着陡坡的马儿那样。

看到她的惨样,让人心都要碎了。

哈默先生扑过去掐住了那个满嘴脏话的家伙的脖子,他们在这恐怖的喧闹中,倒在地上滚来滚去。

颁奖仪式被打断了。

一小时后,哈默夫妇在回家的路上,那个年轻女人,从被辱骂后就一言不发,但她一直在发抖,就像所有的神经都让一根弹簧弄得跳个不停,她突然越过桥的栏杆,跳进了河里,她的丈夫根本来不及抓住她。

桥拱下河水幽深。人们找寻了两个小时才把她捞起来。自然,她已经死了。

讲述的人沉默了一会儿,接着说道:"这也许是在这种处境下最好的选择了。很多东西很难抹去痕迹。"

"您现在明白了为什么教士拒绝让她进教堂了吧。哦!倘若这是场宗教形式的葬礼,全城的人都会来的。但您也明白,那桩前事又加上这次的自杀,那些个认识的人家自然能躲则躲,再说,在本地,给没有神父参与的葬礼送葬也是实属不易啊。"

我们跨进了墓园大门。我心情感慨地等待着人们把棺材降到墓坑里,然后走近那个仍在抽噎着的可怜的年轻人,用力握住他的手。

他眨着泪水迷蒙的双目看着我,然后说道:"谢谢,先生。"而我,也着实一点都不遗憾追随他们的灵车队伍来到这里。

1882 年 11 月 28 日

项　链

　　正如世间许多美丽动人的女子却总是受到命运之神的作弄，她就是其中一位，她生在一个普通的小职员家庭。没有嫁妆、没有可望得到的遗产，没有任何条件让一位富有、高贵的男士与她相识、相知，倾慕她，迎娶她；而她也只能将就下嫁某个供职于国民教育部的小职员。

　　由于没有能力置办饰品，她着装朴素，但心里非常痛苦，就像贵族下嫁一样；因为女人本没有等级之分，她们的花容月貌、优雅气质、迷人魅力便可以作为她们的出身和门第。天生的纤细敏锐、追求高雅的本能、灵巧委婉的心思是将她们划分等级的唯一参照，也使得那些普通人家的女孩儿可以与高贵家族的女士们处于一般高的位置。

她备受煎熬，总觉得自己是为一切精美、奢华的事物而生的。她为寒碜的陋室、为破败的墙垣、为陈旧的家具、为丑陋的衣物感到痛苦不堪。这一切，在一个和她一样阶层的女人，也许根本不放在心上，然而却折磨着她，让她气恼。看到那个布列塔尼小女佣为她拾掇着那些琐碎的家务活儿，又唤起了她心中那些愁苦的憾事和疯狂的梦想。她梦想着那些纤尘不染的接待室，蒙着东方情调的帷幕，被铜制高脚烛台的火光照亮，里头有两名穿着短脚裤的高个子男仆，在暖炉热烘烘的炙烤下昏昏欲睡，都躺倒在了宽大的沙发椅中。她梦想着那些覆盖着古代丝绸的大客厅，放置着价值连城的摆件的精美家具；梦想着那些布置典雅、弥漫着熏香的小客厅，那是自己在下午五点后，和一些最亲密的朋友聊天的场所，而那些朋友都是些让所有妇人们渴望亲近的名流男士。

每逢她坐在一张铺着三天前的桌布的圆餐台前吃晚饭，面对面坐着的丈夫揭开大汤碗盖子，兴高采烈地大声说道："啊！多棒的蔬菜牛肉浓汤！世上再没有比这更美味的了！"这时，她又梦想着那些精美的晚宴，那些闪闪发光的银餐具，那些绘着绿林仙境和其中的古代人物以及奇异飞禽图案的壁毯；她还梦想着那些名贵无比的盘子里盛放的精美佳肴，梦想着自己一边品尝着粉红色的鲈鱼肉或者松鸡翅膀，一边噙着莫测的微笑聆听着在耳边轻声道出的情话。

她没有像样的衣裳，没有珠宝饰品，什么都没有。而她偏偏只喜欢这些东西；总觉得自己是为这些东西而生的。她是如此渴望取悦于人，被人羡慕，变成富有诱惑力、人人乐意与之交往的人物。

她有一个富有的女朋友，是在教会女子学校时结识的同学，可她再也不愿去见这位朋友了，因为每一次见过面回家都是一番痛苦。她会接连哭上好几天，由于悲伤，由于遗憾，由于失望和苦恼。

然而，某天晚上，她丈夫洋洋得意地回到家，手里拿着一个大信封。

"瞧瞧，"他说道，"这里有东西是专门给你的。"

她赶忙撕开了信封从里头抽出一张卡片，上头写着："公共教育部部长乔治·朗勃努先生及夫人邀请骆塞尔先生与夫人赏光参加一月十八日星期一在本部大楼举办的晚会。"

她并没有如她丈夫所希望的那样，表现得欣喜，而只是怨愤地将请柬丢到了桌子上，一边低声埋怨："你想让我拿着这玩意儿怎么做？”

“可是，亲爱的，我以为你会高兴的。你一向不爱出去活动，这可是个机会，一个非常好的机会！我费了好大力气才搞到手。每个人都想弄到请帖而且数量很少，所以非常抢手。在那里，你能见到所有的官员。”

她用一种气愤莫名的眼神看着他，然后不耐烦地高声道：“你打算让我穿什么到那儿去？”

他之前倒没想到这层，于是支支吾吾道：“就穿你去看戏常穿的那套吧。我看挺不错的，我……”

看见他老婆哭了，他闭上了嘴，呆住了，心神慌乱起来。看着两大滴泪珠就这么慢慢地从她眼角向着嘴角流了下来；他说话都结巴了：“你，你怎么啦？怎么啦？”

凭着一股顽强的劲儿，她克制住自己的难过，一边擦拭着眼泪沾湿的脸颊，一边用镇定的声音说道：“没什么。只不过我没有合适的衣裳，所以没法去参加晚会。你哪位同事的老婆能比我打扮得更得体些就把请柬给他吧。”

他愁苦着脸，又说道：“那就看看吧，玛蒂尔德。一套合适的着装大约需要多少钱，在其他场合还可以穿的、样式简单的那种？”

她想了好一会儿，算了笔账，也想到了一个数目，她觉得提出这个数目应该不至于马上就被否决，或者让她这位素来节俭的小职员丈夫吓得叫起来。

最后,她犹豫不决地回答道:"我也不清楚具体数目,但我估计,有个四百法郎,应该可以办到了。"

他脸色有些发青,因为他正好有这么笔存款,原来预备去买把枪,可以在这年夏天的礼拜日和三两好友到楠泰尔的平原地区打云雀。

但他还是说:"好吧。我就给你四百法郎。不过你要想办法做条漂亮裙子。"

随着晚会日期临近,骆塞尔夫人却似乎很忧愁,很担心,很焦虑。她的新裙子可是已经置办好了。一天晚上她丈夫问道:"你怎么了?瞧瞧,你这三天一直很古怪。"

她回答说:"我在为没有首饰,没有宝石,没有任何可以佩戴的东西发愁呢。这样也太穷酸了。我情愿还是不要去赴会算了。"

他继续说道:"你就戴上几朵鲜花吧。在现在这个季节里,这倒是很漂亮的。花上十法郎,你可以买到两三朵很棒的玫瑰花。"

但她完全听不进:"不……再也没有比在贵妇人们中间显得穷酸更丢人的了。"

她老公突然高声喊起来:"你可真傻啊!赶紧去找你的朋友福莱士杰夫人,向她借点首饰。你和她关系那么好,应该行得通。"

她高兴得叫唤道:"说得对,我怎么都没有想到。"

第二天,她来到她朋友的家里,向她述说了自己的困难。福莱士杰夫人走到了她的带镜衣柜前,取出了一个大匣子,带过来打开,对着骆塞尔夫人说:"你自己选吧,亲爱的。"

她先是看见一些手镯,然后是一条珍珠项链,接着是一个威尼斯款式的纯金十字架,镶着宝石,做工精美令人赞叹。她在镜子前试戴这些首饰,犹豫不决,舍不得摘下来还给主人。她还总是在问:"你再没别的了吗?"

"当然还有。你自己找找吧。我也不知道哪样会合你的心意。"

忽然,她看见在一个黑色丝缎的盒子里卧着一串精美绝伦的钻石项链;她的心脏因强烈的渴望而狂跳。她双手发抖捧出了这串项链。她让它围绕着自己的颈项,压在高领长裙的外边,注视着镜中的自己她感到心醉神迷。

接着她小心翼翼,满是不安地询问道:"你能把这个借给我吗?我只借这一样。"

"当然可以。"

她扑向了她的朋友,搂着她的脖子,抱着她用力地亲了一口，然后捧着宝贝逃跑似的溜回了家。

晚会的这一天到来了。骆塞尔夫人获得了巨大的成功。她比任何一位女宾都要美丽、高贵、典雅，总是面带微笑，快乐得都要疯了。所有男士的目光都盯着她，打探着她的姓名，寻找着和她结识的机会。部长办公室的所有专员都渴望与她共舞一曲。连部长都注意到了她。

她如醉如痴地舞着，心情激荡，为这一刻的快乐而陶醉，她醉心于自己辉煌的美丽，醉心于受人瞩目的荣耀，醉心于被这所有的注目、赞叹、欲望包围着，就在这在所有女性心中如此完整、如此甜美的胜利所融成的幸福云朵中舞着，其他的什么都抛到了九霄云外。

她凌晨四点才离开。她丈夫则早早地，从半夜12点就躲到一间无人问津的小房间呼呼大睡了，一起的还有三位男士，他们的夫人也都玩得乐不思蜀。

怕她出门受寒，他把带来的衣裳披在她肩上，那是平日里穿的简朴衣服，这衣服的寒酸与高贵典雅的晚会装一点都不相称。她感觉到了这点，于是急着要溜走，她可不想被包裹着名贵皮草的其他女士瞧见这副样子。

骆塞尔拉住了她："等一下。你这样在外面会受寒。我去找辆出租马车。"

但她依旧置之不理，匆匆忙忙走下台阶。当他们来到大路上,一辆马车也没看到;于是他们开始到处寻找,看到远处的马车夫就大声呼喊。

他们沿着一路向塞纳河走去,两个人感到很失望,浑身冻得瑟瑟发抖。最终他们在河岸边找到了一辆只在巴黎夜间游荡的老旧的双座四轮公共马车,这种车子就好像在白天里会自惭形秽,所以只在夜晚出没。

这车将他们带到位于殉难者街的家门口,他们黯然地上了楼回到自己家里。对于她,一切都结束了。而他,还想着第二天十点要去部里上班。

她在镜子前脱去了披在肩头的大衣,只为了再欣赏欣赏光彩照人的自己。然后她突然发出一声惨叫。脖子上的钻石项链不见了!

她丈夫,衣服刚脱了一半,问她:"你怎么啦?"

她转身面对他,慌张地说道:"我……我……我找不到福莱士杰夫人的那条钻石项链了。"

他惊慌失措地站起身道:"什么!……怎么会这样!……这不可能吧!"

于是他们翻遍了长裙的衣褶、大衣的衣褶、口袋,到处都找过了。但却没有任何发现。

他问她:"你确定离开舞会的时候项链还在?"

"是的,我在本部的前厅里还摸着它。"

"但如果你是在大街上弄丢了它,我们应该听到落地的声音呀。它可能落在马车里了。"

"很有可能。你还记得马车的号码吗?"

"不记得,你呢,有没有注意?"

"没有。"

他们垂头丧气地对望着。最后骆塞尔重新穿上了衣服:"我去重新走一遍刚才走过的路线,看会不会有运气找到。"

然后他出了门。她没有换下晚会的着装,没有丝毫气力去睡觉,就那么沮丧地瘫在椅子上,没有点火,什么也不想。

她丈夫约摸七点钟回到了家,他一无所获。

他去了警局,去了各个报社登悬赏启示,去了各个出租小马车的公司,总之,只要有一丝希望的地方都去遍了。

她一整天都在惶惶等待中度过,面对这件弥天祸事一直处于一种失魂落魄的状态。

骆塞尔晚上带着一副凹陷、惨白的面容回到了家:他没有一点新发现。

"必须,"他说道,"给你的朋友写封信,说你把钻石项链的搭扣弄坏了,正找人修理呢。这样一来我们可以有周旋的时间。"

于是他说,她写,草就了这封信。

一周过去了,两人所有的希望都破灭了。

骆塞尔仿佛衰老了五岁,他说:"看来只能想办法赔偿这件珠宝了。"

第二天,他们捧着盛钻石项链的小盒子,按照盒子上的招牌找到了珠宝商那里。珠宝商查了查账簿道:"夫人,这条钻石项链不是我这儿售出的;我应该只提供了这个首饰盒。"

于是他们一家一家的首饰店去询问,根据他们的记忆去寻找相同的项链;他们伤心焦虑地快病倒了。

在皇宫大街的一家铺子里他们找到了一串钻石项链,看上去和他们正在寻觅的那条非常相似。这串项链价值四万法郎。店家同意以三万六千法郎卖给他们。

于是他们央求店家三天之内不要卖掉这串项链。他们也说好了条件,如果在二月底前找回了原本的那串,店家就以三万四千法郎的价格收回这一条。

骆塞尔手边有他父亲以前留给他的一万八千法郎。剩下不足的部分他得找人借。

他向这个借一千法郎,向那个借五百,从这里借五个金路易①，又从那里借三个金路易。他到处打借条，签下会让他耗尽资财的契约，与高利贷商人以及各种国籍的放款人打交道。他葬送了未来的前程，不管能否偿还到处乱签字据。想到未来的忧虑，想到将重重压在他身上的未知的贫穷，想到未来的紧衣缩食和精神折磨，他感到恐慌不安。但他还是将三万六千法郎放到了珠宝商的柜台上，换回了那串新项链。

当骆塞尔夫人将宝贝送还福莱士杰夫人时，这一位略带恼意地说道："你应该早点儿还给我，因为我也许正需要用到它呢。"

她没有打开首饰盒，而这正是她朋友所惧怕的事儿。如果让她看出了这条项链是替代品，她会怎么看待她？她会怎么说？她会不会把她当作一个小偷？

骆塞尔夫人见识到贫民的可怕生活了。好在她早已拿定了主意。必须想办法偿还这笔吓人的巨债。她会偿还它。他们辞退了女佣；搬了家；租了人家屋檐下的阁楼居住。

她做起了各种各样粗重的家务活，做起了厨房间里令人憎恶的活计。她洗起了碗碟，任凭油腻腻的碗盆器

---

① 一个金路易值二十法郎。

皿和满是油垢的锅子底磨粗了她粉红细腻的指尖。她用肥皂浆洗着脏衣服、衬衫和抹布，洗过后都晾在绳子上；她每天早晨将垃圾搬到楼下，再提着水上楼，每上一层楼，都要停下喘口气。她的穿着和平民妇人没什么两样，手里挽着菜篮子去水果店、杂货铺、肉铺，和老板讨价还价，被人奚落，只为了能够一文一文地捍卫那点可怜的铜板。

每个月他们都要偿还大笔钱换回一些借条，然后再立几张新的，只为获得日期上的宽限。

她丈夫每天晚间都要替一个商人誊清账目，夜里则总是在抄录那种五文钱一页的书稿。

这种生活持续了十个年头。

十年后，他们终于还清了所有债务，所有，包括高利贷的利息以及利上滚利的数目。

现在骆塞尔夫人看上去苍老多了。她变成了一个穷苦家庭里不怕操劳的强壮妇人。乱蓬蓬的头发，裙子歪系着，两手红肿，说话嗓门很大，大桶水拖洗地板。但有时候，在她丈夫上班之后，她会坐在窗边，回想起那个曾经的夜晚，那个她曾经如此美丽、快乐的舞会。

倘若她不曾丢失那串项链，她会变成什么样子？谁知道呢？谁清楚呢？人生是如此的特别，如此的无常！

只消一些微不足道的小事就能毁了你或者救了你！

然而，某个礼拜日，她来到香榭丽舍大街散散步，调剂一下一周的操劳，她突然看到一个带着孩子散步的妇人。是福莱士杰夫人，她看上去依旧那么年轻，依旧那么美丽，依旧那么吸引人。

骆塞尔夫人感到心头一热。要不要上前攀谈？是的，当然了。既然现在账都还清了，她该和她说清一切了。为什么不呢？

她走过去，说道："你好啊，让娜。"

另一位完全没有认出她，见一个小市民妇女如此亲切地称呼自己很是诧异。

她结结巴巴开口道："不过……夫人！……我不知……您是不是认错人了？"

"不会错的。我是玛蒂尔德·骆塞尔。"

她那朋友大叫一声："天呀！……我可怜的玛蒂尔德，你的模样变化真大！……"

"是啊，自打我们上次见过之后，我过了不少苦日子；可以说是受了很多磨难……而这一切都是因为你呀！……"

"因为我……这是怎么回事呀？"

"你还记得你借给我去参加教育部晚会的那串钻石

项链吗?"

"是啊,怎么了?"

"怎么了!我把它弄丢了。"

"什么!你不是早已把它还回来了吗?"

"我还回来的是另外一串一模一样的。我们花了十年才还清买它的钱。你要知道这对于我们这种一无所有的家庭来说可不容易……还好总算还清了账,所以我可高兴了。"

福莱士杰夫人停住了脚步,说道:"你说你买了一串钻石项链来赔偿我那条?"

"是啊,你没有看出来,是吗!这两条可是像得很呢。"她自豪又天真地微笑着。

而福莱士杰夫人,深受感动,紧紧抓住她的两只手:"哦!我可怜的玛蒂尔德!我那串项链是假的呀,它最多值五百法郎!……"

1884 年 2 月 17 日

流浪汉

从四十天前开始，他就在走着，到处寻找着工作。他背井离乡，离开了自己的家乡，位于芒什海峡地区的维尔-阿瓦瑞村，因为那里没有活儿可做。他是个木匠，二十七岁，是个好人，为人勇敢，但他却整整两个月在家里吃闲饭。他，作为家里的长子，在这种普遍失业的时候，只能将强壮的双臂交叉在胸前，无事可干。家里的面包越来越少；两个妹妹每天要出去干一整天的活，挣的钱却很少；而他，雅克·朗戴尔，家里最强壮的男人，却没活可干，吃着别人挣来的食物。

他去市政府打听消息；那里的秘书回答说，中部地区有人找得到活干。

于是他动身了，带上了自己的证书，口袋里揣着七个法郎，肩上扛着一根棍子，一端挂着一个蓝色的布包，裹着一双替换的鞋子、一条短脚裤和一件衬衣。他不分日夜、不知疲倦地走着，在没有尽头的道路上走着，不管顶着烈日或淋着雨，他都走着，却总也到不了那个人人都找得到工作的神秘地方。一开始，他固执地坚持自己只做木匠活这个念头，因为他本身就是个木匠。可是，每每找到一个木匠工坊去求职，人家都会说因为缺少订单，刚刚解雇了一些人，于是在弹尽粮绝之后，他下定决心，在路上找得到什么活，就做什么活。

之后，他相继做过挖土工、马厩马夫、锯石板的工人；他锯过木头、给树木修剪过枝丫、挖过井、搅拌过砂浆、捆过柴火、在山上牧过羊，所有这些活计平均只能挣上几文钱。因为只有通过廉价地出卖力气，才能打动吝啬的老板或农人，才能得到两三天的活做。

而现在，一个星期以来，他什么活也找不到；他身无分文，只能靠一点点面包充饥，那还是沿途乞讨时，一些好心的女人施舍给他的。

夜晚来临，精疲力竭的雅克·朗戴尔，托着疲惫的双腿，饥肠辘辘，精神萎靡，打着赤脚在路边的草地上走着，因为他爱惜这最后一双鞋子，而另一双早就不存在了。

这是个秋末的礼拜六。天空中灰色的云朵,沉重而快速地在吹过树林的风中翻卷着,可以感觉得到即将下雨。第二天又是礼拜日,天色尽暮时分,田野一片空寂。田野中一片片的空地上,矗立起一垛垛巨大黄色蘑菇模样的脱了粒的麦堆;而那已为来年撒上新种的土地看上去光秃秃的。

朗戴尔很饿,一种属于动物的饥饿,一种可以让狼群扑向人的饥饿。他已疲惫不堪,故意把步子跨得大些,只为了少走几步路;他脑袋低垂着,流动的血液在太阳穴嗡嗡作响,血红的双眼,干涩的嘴唇,手中紧紧攥着棍子,迷糊中希望能挥动棍子,教训一下遇上的第一个回家喝汤的路人。

他看着路的两侧,眼中似乎浮现了一片凌乱的土豆留在翻垦过的土地上的画面。倘若能捡上几个,他要去拾些干柴火,在小沟里生上一小堆火,然后发誓要好好地吃上一顿热腾腾圆滚滚的土豆,之前得先用烫人的热土豆暖暖冰冷的双手。

但时令已经过去了,他只能像前一日一样,到犁沟里去刨个生甜菜出来吃。

两天来,他总是迈着大步自言自语,满脑子都萦绕着他的那些心事。在这之前,他的全部精神和全套本领都用在找活干上面了,从来没有仔细想过。但那种疲惫,那找不到工作却依旧得顽强地继续寻找,那四处碰壁,那粗暴的对待,那些在草堆里渡过的夜晚,那些饿肚子的日子,那些安居家园的人们对流浪汉的蔑视,那个每天都有人会问的问题:"为什么您不待在家里?",那分明感到充满力量的强壮双臂却空无任何活可做的悲伤,那对留在家里却也身无分文的家人的思念,所有的一切日积月累,每时每刻都在增长的怒火慢慢地升腾,几乎不由自主便从他口中溢出一些低沉短促的咒骂。

他光着脚踩着那些在他脚下滚动的石子,跌跌绊绊地走着,嘴里抱怨着:"这苦难……这苦难……那群猪……居然让一个男人饿得要死……让一个木匠……那群猪……连四文钱都没有……居然没有四文钱……开始下雨了……这群猪……"他为这命运的不公而气愤,指责着那些人,所有的那些人,那人性,那瞎了眼的大妈,都是不公平的,残酷而阴险的。

当他看到在这个吃饭的时辰,从房子屋顶冒出来的缕缕灰色的炊烟,便咬牙切齿地重复着:"一群猪!"然后,不曾思考过另一种人类的不公正,被称之为暴力和盗窃的不公正,他萌生出潜入某间屋子敲昏住户,然后坐到餐桌边他们的位子上大快朵颐的欲望。

他说:"既然别人任凭我饿死……我现在失去了生存的权力……我只不过想找个活做,但是……这群猪。"他四肢遭受的痛苦,他肚子里的痛苦,他心里的痛苦,这些都让他的脑子陷入一种可怕的醉意,在他脑中形成了这种简单的念头:"既然空气属于所有人,既然我还在呼吸,就有生存的权力。这么说,别人没有权力让我没有面包吃!"

雨下着,细细密密,冰凉沁骨。他停下了脚步,呢喃道:"悲惨……回到家之前还得走上一个月的路程……"他现在走在回家的路上,他已经明白了与其在大马路上,让一堆人成天猜疑,还不如回到自己的故乡找工作,至少那里的人都认识他。

既然木匠活找不到,他可以做体力活,石膏拌和工、挖土工、碎石工。只要他每天赚上二十文钱,总能有口饭吃吧。

为了不让冰冷的雨水流到背部和胸部,他把布包里最后的东西都系在脖子上。但很快,他感到雨水还是透过薄薄的衣料,他焦急地看了下四周,目光里充满了忧虑,四周没有一处可以遮蔽他的身体、他的脑袋,找不到一处躲雨的地方。

夜晚来了,给田野笼上一层黑影。他注意到远处的草坪上有一块深色的影子,是头奶牛。他跳进了路边的沟渠,走向那头奶牛,他不知道自己在干什么。

当他走到近处,母牛朝着他抬起那硕大的脑袋,他思忖着:"只要我有一个罐子,就能喝上一点牛奶了。"

他看着奶牛;奶牛也瞅着他;突然,他朝奶牛的胸肋扫了一脚:"站起来!"他说道。

那牲口慢悠悠地站起身,那对大奶子沉甸甸地垂在身下;于是那男人仰面躺倒在那牲口的四蹄之间,他双手用力挤着热乎乎的大奶子,喝了很长时间,那玩意儿闻上去一股牛棚的气味。他喝了很多,以至于奶水都流到雨水中了。

冰冷的雨水下得更密集了,整个平原都光秃秃的,看不见一处避雨的地方。他感到很冷;他看见树林里有一点亮光,是座房子的窗户里的光亮。

奶牛又卧下了。男人就坐在它身边,抚摸着它的脑袋,像是感谢它让他喝饱了。那牲口的喘息厚重而浓烈,气息从两只鼻孔里像蒸汽一般冲出来汇入夜晚的空气里,那热气吹在工人的脸上,他说道:"你这里面倒不会冷啊。"

他的手捋过牲口的前胸、四肢,寻求着热源。一个念头油然而生,他可以躺在这头牛温热的大肚子下过夜。

于是他开始寻找合适的位置,将自己的额头凑近刚才哺育过自己的硕大乳房下面。然后,因为很累了,他一下子就睡着了。

可是,他醒了好几次,有时是因为背冻得冰凉,有时是因为肚子冻得冰凉,这得看是肚子还是背贴着牲口的侧肋;他于是转过身让刚才曝露在雨水中的另一边身子靠在奶牛身上取暖;他累坏了,很快就又睡过去了。

公鸡打鸣吵醒了他。拂晓渐起,雨已经停了,天空一片纯净。

奶牛也在休息,鼻尖戳着地面;男人就双手撑地俯下身子,亲了亲那湿漉漉的大鼻孔,他说道:"再见了,我的美人儿……下次再见……你真是个善良的动物……再见了……"

接着他穿上鞋,离开了。

整整两个小时,他都沿着同一条路向前走着;但一阵强烈的疲惫袭来,他坐在了草地上。

天色已亮;教堂的钟声响起,穿着蓝色工作服的男人们,戴着白色无边软帽的女人们,有的步行,有的登上大车,开始上路去附近村落的朋友家或者亲戚家欢度礼拜日。

一个胖胖的农民出现了,他赶着面前的二十来头绵羊,那些不安的羊儿咩咩直叫,一只敏捷的狗在维持着羊群的队形。

朗戴尔站起身,致敬说:"您有没有活给一个快饿死的工人干?"他问道。

那个人抛了个恶毒的眼神给那个流浪汉回答道:"我可没活给那些大马路上遇到的人做。"

木匠又转身坐回了路沟边。

他又等待了许久;看着那些乡下人从他身边鱼贯而过,搜寻着和善的面孔,看上去富有同情心的人,可以再次提出请求。

他选中了一个穿着礼服的富人,那人肚子上还缀着条金链子。

"我找了两个月活了,"他说道,"但是一无所获;口袋里已经没有一个铜子儿了。"

那位土绅士回话说:"你应该去看看进入本地区的地方贴着的通告。本村地界严禁一切乞讨行为。要知道我可是村长,如果你不赶紧跑远点,我就该收拾你了。"

朗戴尔的怒气也上来了,低声道:"如果您愿意的话就收拾我吧,我情愿这样,至少不至于饿死。"

他回过身又坐到了路沟边。

约摸一刻钟后,两个宪兵出现在大马路上。他们肩并肩十分醒目,慢慢地走着,金属材质的帽子、水牛皮皮带、金属扣子在阳光下闪闪发光,就像是要让恶人害怕,远远看到他们就能开溜。

木匠很清楚他们是为他而来;但他没有动,突然隐隐想去顶撞他们,然后被他们抓住,将来再向他们报复。

他们踩着军人的步伐,像鹅子一样摇摇摆摆地走了过来。起初他们仿佛没看到他,等走到他跟前,才好像突然发现了他。他们停下步伐,用一种威胁而愤怒的眼神打量着眼前的人。

那个宪兵队长向前走了几步,问道:"你在这里做什么?"

那男人平静地回答:"我在休息。"

"你从哪里来?"

"倘如与您细说我经过哪些地方,一个小时都说不完。"

"你去往哪里?"

"去维尔-阿瓦瑞。"

"这是什么地方?"

"在芒什海峡地区。"

"你家在那里?"

"那是我家乡。"

“那你为何离开那里？”

“为了找活干。”

宪兵队长转过身，面对他手下，用一种被人用无数遍同样的谎话而激怒的愤怒语气说道：“他们都这么说。这些混蛋家伙。但我可是了解得很。”

然后他接着说道：“你有证件吗？”

“有的。”

“给我看看。”

朗戴尔从口袋里拿出自己的那些证件、证书，这些破破烂烂、磨损得厉害的纸头都散成了一小片一小片，他把这些纸递给宪兵看。另一位结结巴巴，吃力地看着，然后发现这些证件都符合要求，他们神情不快地把证件还给他，表情像是被一个狡猾的坏蛋戏耍了一通一般。思索了一会儿，他又问道：“你身上有钱吗？”

“没有。”

“什么都没有？”

“什么都没有。”

“一个子儿都没有？”

“一个子儿都没有。”

“那你如何维持生计？”

“靠别人施舍给我的东西。”

"那么说,你是乞讨了?"

朗戴尔斩钉截铁地回答道:"是的,能讨就讨。"

那宪兵大声宣布:"你身无分文,没有职业,在大马路上流浪乞讨,被我当场抓住。我命令你跟我走。"

那木匠站起了身。

"随便你要去哪里。"他说道。

甚至不需要命令,他就站到那两个宪兵中间,又说道:"来吧,把我关进监狱。这样下雨的时候至少还能挡挡雨。"

他们朝村子走去,村子离这里有一公里远,隔着光秃秃没了叶子的大树可以看见一些瓦顶的房子。当他们穿过这里的时候,正逢弥撒。广场满满都是人,人们围成两列人墙来观看坏人,一队小孩子极其兴奋地追随着押坏人的队伍。农民们和农妇们都看着他,看着这个在两个宪兵中间被逮捕的人,眼中闪烁着仇恨的光芒,他们想朝这个家伙扔石子,想用指甲抓破这个家伙的皮,想用脚踩死这个家伙。人们问着他是偷窃了还是杀了人。曾经是骑兵的屠夫断言道:"这家伙是个逃兵。"烟草零售商认出他是一个当天早晨给过他五十文假币的家伙,五金店老板说他毫无疑问就是那个警察搜寻了六个月却一直没抓到的杀害了马莱寡妇的凶手。

在村议会大厅里，被那两个宪兵押进去的朗戴尔又见到了那个村长，他坐在决议桌前，身边是个教员。"啊！啊！"那位长官大声喊道："我们又见面了，小伙子。我可是和你说过会让你蹲监狱的。那么宪兵队长，这是怎么回事？"

宪兵队长回答说："一个无家可归的流浪汉，村长先生，没有收入，身无分文，这是他自己承认的，被抓到时正在乞讨、流浪，身上带着正规的身份证件和证书。"

"把这些证件给我看看。"村长说道。他拿了过去，看了一遍又一遍，又交还给他，并命令道："搜搜身。"朗戴尔被搜了身，却搜不出任何东西。

村长有些困惑。他问那个工人："你今天早上在大路上做什么了？"

"我在找活干。"

"找活干？在大路上？"

"倘若待在林子里，您能指望我找到什么好活？"

两人互相对视，带着那种属于敌对物种之间的兽性的仇恨。村长继续说道："我决定给你自由，但是别让我再在那里看到你！"

木匠回答道："我更乐意让您关着。我走了那么多路都累了。"村长神情严肃地说："闭嘴！"接着他命令两名宪兵说:"你们把这个男人带到村外两百米处,让他继续走自己的路。"

工人说道:"至少先让我吃一顿吧。"

村长火了:"犯不上给你弄吃的!啊!啊!啊!这个家伙可是够彪悍的!"朗戴尔语气坚定地说道:"如果您让我饿肚子的话,我指不定还会做什么坏事呢。算了,随你们去,胖家伙们!"

村长站起身,反复说道:"赶紧把这个家伙带走,我快要生气了。"

两个宪兵拽住木匠的胳膊,把他拖走了。

他听任他们带着他,又一次穿过村子,来到大路上;那两人将他带到离界碑两百米远的地方,宪兵队长宣布:"好了,走吧,我不想在村子里再见到你,不然你就小心点后面的麻烦吧!"

朗戴尔一句话不吭,径直往前走,也不知道该往哪里去。他向前走了一刻钟到二十分钟,昏头昏脑,什么都不想。

忽然,在经过一座窗户半掩的小房子时,一股牛肉浓汤的香气钻进了他的胸腔,在屋前,他停住了步子。

饥饿,一阵凶猛、贪婪、可怕的饥饿感一下子升了起来,差点让他像个野兽一样扑向这家住户的屋子。

他大声咆哮着："上帝呀！这次，一定要让人给我吃的。"他开始用棍子大力地撞门。没人回应；他敲得更响了，大喊着："喂！喂！喂！里面的人！喂！开门！"

没有动静；于是他走到门边，用手一推，厨房里闷着的气味中满是热腾腾的浓汤、烧熟的肉和蔬菜的香气，这香气扑面而来，冲到了室外清冷的空气中。

木匠一个箭步跳进了厨房。桌上有两副餐具。这家的主人恐怕去参加弥撒了，把食物留在了火灶上，礼拜日美味的清炖大肉啊，还有蔬菜肉汤。

壁炉台上一根新鲜的面包在静静等待着，旁边是两瓶满满的酒。

朗戴尔先是冲向面包，用可以掐死一个人的力气拗断了面包，然后开始大口大口地吞咽着。但立刻那肉香吸引着他走向壁炉，他打开瓦罐的盖子，用叉子往里面一挑，取出一大块用绳子系着的牛肉。接着他又拿了蔬菜、胡萝卜、洋葱，把盘子装得满满当当，他把盘子放到桌子上，坐了下来，把那大块炖肉分成四份，然后就像在家里一样吃了起来。当他吃下几乎一整块肉和大量的蔬菜后，他发现自己很渴，就去拿了一瓶放在壁炉台上的酒。

一倒进杯子里，他就意识到这是烧酒。管他呢，酒是热的，可以让他的血管暖和一下，之前那么冷，喝点这个是有好处的;所以他喝了。

他觉得酒的滋味不错,他都几乎不太习惯了;他又倒上满满一大杯,两口就喝完了。酒一下肚,他立刻感到自己很快活,酒精让他很开心,就仿佛肚子里流淌着莫大的幸福。

他继续吃着,放慢了速度,慢慢咀嚼,拿面包蘸着肉汤吃。他全身的皮肤都变得灼热,特别是额头,血直往脑门上冲。

但是突然,远处钟声敲响。弥撒结束了;与其说是害怕,不如说是出于本能,这种谨慎的本能让所有处于危险中的人变得敏锐,木匠立马站起来,把剩余的面包塞到一个口袋里,烧酒塞到另一个口袋里,悄悄地来到窗边,看了看大马路。

路上没有人。他跳了出去,又开始继续走路;但这次他没有继续走大路,而是穿过田野,走进了一处树林。

他感到自己灵活、强壮、快乐,刚才的行为让他心满意足,遇到田间的围栏,他双脚并拢,只一下就跳了过去。

来到树下,他从口袋里抽出那瓶酒,一边走,一边又开始大口喝了起来。意识开始混沌,眼前的景象重重叠叠,双腿灵活得像弹簧。

他唱起了那脍炙人口的老歌:

啊！如果天气好的话

如果天气好的话

就去采摘草莓果子吧。

他现在踩在一片厚厚、潮湿、阴凉的苔藓上，脚下这柔软的垫子让他疯狂地想翻跟头，就像个孩子那样。他向前猛冲，翻了个跟头，站起来，重新再来。而每次旋转，他都会开始唱歌：

啊！如果天气好的话

如果天气好的话

就去采摘草莓果子吧。

突然，他来到一片低洼地，看到尽头一个高个子女孩，一个从村里回来的女佣人，手里拎着两大桶牛奶，桶和她之间隔着大桶箍。他俯身窥伺着女孩，两眼闪着光芒，就像看到鹌鹑的猎狗一样。那女孩也看到了这个男人，她抬起头，笑了起来，对他大喊："刚才是您在唱歌吗？"

他没有回答，一下子跳到了那条沟壑上，尽管那斜坡起码有六尺高。

看到这人突然站到自己面前，她笑道："见鬼，您可吓到我了！"

但他没听到她的话，他醉了，他发着酒疯呢，一种比饥饿更为贪婪的狂乱在刺激他，难以抵抗的狂热把他给弄得头昏脑热的；整整两个月他一无所有，而现在他醉了。他还年轻，充满热情，在那男性精力充沛的血肉之躯中，燃烧着大自然赋予的种种欲望。

那女孩面对他，向后退去，她被他的面孔、他的眼睛、他半张的嘴、他伸出的双手给吓到了。

他抓住了她的双肩，一言不发，将她推倒在路上。女孩的两个桶掉落在地上，发出巨大的声响，滚了开去，撒了一地的牛奶。女孩大叫，然后明白了在这空旷地带怎么叫都是没有用的，而且很清楚这个人并不想取她性命，她屈服了，并不太勉强，也不太恼怒，因为这是个强壮的男人，事实上也不算太粗鲁。

当女孩再次站起身，想到那撒了一地的牛奶立马开始怒气冲天，她脱下一只靴子，朝那个男人扑了过去，如果他不赔牛奶的话就砸烂他的脑壳。那个男人没想到会遭受这一顿狠打，酒有些醒了，他惊慌失措，对刚才的所作所为也感到害怕，于是撒开腿就逃；那女孩子还朝他扔着石子，好些个都砸中了他的后背。

他跑了很久，很久，然后感到前所未有的疲惫。他的双腿软绵绵难以支撑身体，脑子里一堆糨糊，他失去了一切的记忆，再也不能思考。

他坐在一棵大树底下。

五分钟后，他睡着了。

在一记重击下，他醒了过来，张开双眼，看见两个戴着上了光的皮三角帽的男人俯在他的身上，原来早上遇见的那两个宪兵正在抓住他，绑住他的手臂。

"我就知道还会再逮住你。"那个宪兵队长嘲笑着说道。

朗戴尔一言不发，站起身。那两个人推搡着他，只要他敢轻举妄动，就会狠狠教训他一番，他现在是他们俩的猎物，是即将被投进监狱的坏蛋；这些专门猎捕罪犯的猎人既然已经把他抓到手，是再不会轻易放手的。

"上路！"宪兵命令道。

他们走了。夜晚来临，大地上一片肃穆暮色漫开，浓重而悲伤。

半个小时后，他们来到了村上。

所有的门都洞开着，大家都知道了这些事情。农夫和农妇们的怒火被激起来了，就好像他们中的每一个都被偷窃了，每一个都被强奸了，想要亲眼看着这个无耻之徒被押解回来，可以着着实实地骂他一顿。

嘲骂声从村子里的第一座房子开始，一直到村政府，那里村长正候着呢,打算亲自报复这个流浪汉。

看到了他,他就远远地喊道:"啊,臭小子,我们又见面了。"他摩拳擦掌,少有如此高兴的时刻。他继续说道:"我就说过,我就说过,早在看到他无所事事地在大马路上时,就知道会是这个样子了。"

接着,他无比快乐地说道:"啊!无赖,啊!这个肮脏的无赖,你会在里头待上二十年的,臭小子!"

1887 年 1 月 1 日

小狗皮埃罗

　　乐菲弗太太是个乡下妇人，一个寡妇，是那种半是城里人半是乡下人的太太，她们总爱盛装打扮，在衣裳和帽子上点缀些丝带和厚重的荷叶卷边儿，她们也爱随意把词末的联诵读错，在公众场合故作高傲，庸俗、滑稽的外表下藏着自命不凡的灵魂，正如她们用生丝手套来掩盖一双红肿粗大的手。

　　她有个女仆，是个诚实简单的乡下女人，名字叫萝丝。

　　两个女人住在诺曼底的一座位于公路边、有着绿色百叶窗的小房子里，那里是科区的中心。

由于她们的屋前有一块狭小的花园，两个女人就种了几种蔬菜。

可是一天夜里，有人偷了她们一打洋葱头。

萝丝一发现被盗的事儿，就马上跑去通知乐菲弗太太，这位穿着羊毛短裙就下了楼。

真是又伤心又恐怖。居然有人偷到了乐菲弗太太家里！这么说来，此地出了小偷，而且小偷还会再次光顾。

两个惊慌不已的女人仔细观察了脚印的痕迹，谈论着，做着猜测："看吧，他们从这里经过。他们的脚踏在了墙上；然后跳进了菜畦里。"

她们想到以后的情况又开始十分忧虑。现在如何才能安稳地睡觉啊！

被窃的消息迅速传开。邻居们都跑来了，勘探完毕又开始讨论；每每有人跑来，两个女人都会向他们讲述自己的发现和想法。

一个隔壁的农庄主给她们提了个建议："你们得养条狗。"

这个建议很好；她们应该养条狗。如果单单是为了警戒，不需要一条大狗吧，主啊！而且她们对大狗也是没有办法的！它会把她们的财产吃空。一条活蹦乱跳会叫唤的小狗，正是她们需要的。

当所有人都离开后，乐菲弗太太和萝丝讨论了很长时间关于养狗的意向。她一想到盛满狗食的狗碗这幅景象，就对养狗这事心生百般反感；因为她骨子里还是个精打细算的乡下妇人，口袋里总是放着几个小铜子，用作施舍路上的穷人或者参加礼拜日的慈善募捐。

萝丝喜欢小动物，所以摆出了种种理由，还诡谲地为之辩护。最终决定，她们要养一只狗，不过是只非常迷你的小狗。她们开始着手寻找合适的狗，但能找到的都是些食量惊人的大家伙。罗勒韦尔的杂货铺老板有只小狗，非常迷你；但他开价两法郎作为补偿之前的饲养费用。乐菲弗太太说自己很愿意养活一条小狗，但不是购买。

这事让面包店老板知道了，于是，某一天早晨，用他的马车拉来了一个黄色的怪异小动物，几乎没有腿，鳄鱼身，脑袋像狐狸，翘着尾巴，一把向上翘的尾巴活像军帽上的翎饰，松软庞大和它身体一般大小。面包房的一个主顾不想要它。乐菲弗太太觉着这条奇怪又不用花钱的小狗很漂亮。萝丝抱起小狗，问起怎么称呼它。面包店老板说道："皮埃罗。"

小狗被安置在一个旧的肥皂箱子里，先给它弄了点水，它喝了。接着给了它一小块面包，它吃了。乐菲弗太太有些担心,想了个主意:"等到它对家里比较熟悉了,放它自由活动。那样它就可以在周围四处觅食了。"

后来确实给了它自由,但它也免不了挨饿。而且它只在要求食物时才叫唤;在那种情况下,它还叫得特别欢。

无论是谁,都能轻松进入菜园。皮埃罗每每看见一个新来的人,都会对他撒欢,从来不曾叫唤过一次。

乐菲弗太太好像也习惯了这个小动物的存在。她甚至开始有些喜欢这个小家伙了,时不时还会伸手递给它几小片在肉汁汤里浸泡过的面包。但她从来没想过会有纳税这回事。"八法郎,夫人!"所以当有人为这条几乎不叫唤的小狗向她征收八法郎的时候,她差点吓得昏死过去。

于是,她很快决定得摆脱掉皮埃罗。可是没人想要它。方圆十里的居民们人人避犹不及。没有别的法子了,大家最后下定决心,让它去"进土屋"。

"进土屋"其实就是"吃泥石灰"。在这个地方,倘若谁想摆脱不想要的狗,都采用这个法子。

在一片广袤的平原上,地面上看得到一种茅草屋,或者说是有个非常小的茅草屋顶的小棚子,这就是泥灰岩矿场的入口。里头一口很大的井深入地下二十米,一直通到矿廊走道。

人们每年都会进入这个采矿场一次，一般在需要给土地施加灰泥的时节。其他时候，它则是那些判了死刑的狗葬身的墓地；在洞口附近经过，往往能听见那些狗哀怨的长吠、愤怒绝望的吼叫、凄惨的呼唤声。

猎狗和牧羊犬一来到这个充斥着呻吟的深洞附近，就惊恐万分，吓得撒腿就逃；当人们凑近洞口，能闻到一阵阵令人憎恶的腐烂气味。

一出出可怕的悲剧在暗处发生着。

当一条狗在洞穴深处垂死挣扎了十到十二天，靠着那些先到者腐烂恶臭的残躯得以苟延残喘时，会突然又有一条狗被扔进来，这条狗显然更加肥壮、强悍。它们就在那个地方，一起挨着饿，双眼放着光芒。它们互相窥伺，互相跟踪，既犹豫，又焦虑。但饥饿逼迫着它们；于是它们互相攻击，久久地猛烈地肉搏；最终，强壮的那条吃掉虚弱的，活生生地吃下去。

当她们决定让皮埃罗"进土屋"后，就开始忙活着找一个行刑人。筑路的养路工人要求十文钱才肯跑这一趟。这对于乐菲弗太太来说简直太夸张了。邻居家的粗活工人虽然只要五文钱，但还是要得多了；萝丝，临末了，觉得最好还是她们自己把它抱过去，这样它不至于在一路上受到虐待而预知自己的处境，最终两个人决定一起在夜幕降临的时候把它抱过去。

这一晚，她们给它准备了一碗很棒的汤和一小点黄油。它一滴不剩吃得精光；看着它心满意足地晃着尾巴，萝丝就捉住他，用围裙把它包了起来。

她们像那些偷菜的人，迈着大步穿过平原。很快她们看到了那个泥石灰矿场，来到跟前；乐菲弗太太聆听有没有狗儿的惨叫声——没有——里面没有狗；皮埃罗会是唯一的一只。萝丝一边哭一边抱着它，接着把它投进了窟窿里；两个人都俯下身子，竖起耳朵听着里边的声音。

她们先是听见一声沉闷的声响；接着是一个受伤的动物发出的尖锐的、撕心裂肺的哀鸣，然后是细碎的痛苦的短叫，再后面是小狗仰着脖子，朝着洞口，发出一声声绝望、恳求的呼唤。

它叫唤了，啊！它叫唤了！

她们感到后悔，感到害怕，感到一阵难以言喻的极度恐惧；她们跑着逃离了这里。因为萝丝跑得太快，乐菲弗太太不住地喊着："等等我，萝丝，等等我！"

夜里，她们不停做着骇人的噩梦。

乐菲弗太太梦到自己坐在桌边喝汤，当她把汤盆的盖子打开时,皮埃罗突然跳了出来。它朝她扑过来咬住了她的鼻子。

她惊醒之后以为皮埃罗还在叫唤。她再细听才发现自己弄错了。

她重新睡着了,梦中发现自己在一条大路上,一条没有尽头的大路上走着;忽然,在道路中央,她看见一只篮子,一个被农庄主人废弃的大篮子;这只篮子让她心生恐惧。

但她最后还是揭开了篮子上的盖子,皮埃罗就蜷缩在里头,一口咬住她的手,再也不松口;她慌不择路,手臂上还悬着一只毫不松口、紧紧咬着的小狗。

一大清早,她起了床,几乎疯了一样跑向泥石灰矿场。

小狗在叫唤;它还在叫唤,它叫了一整个晚上。她开始抽泣,用了各种各样的昵称呼唤它。而它则用狗儿抑扬顿挫的叫声温柔地回应着她。

她想要重新看到它,承诺会让它快快活活直到死去。

她跑到负责挖掘泥石灰的掘井工人那里,告诉了他她的情况。那个男人一声不响地听着。听完,他说道:"您想弄回您的小狗?这需要四法郎。"

闻言,她一下子跳了起来;所有的痛苦忽然不翼而飞。

"四法郎！您想钱想疯了！还四法郎呢！"

他答道："您想，我得带上我的绳子、绞车，把这些东西都安装好，然后和我的孩子一起下到那个地方，还可能被您那可恶的小狗咬上两口，做这一切就单单为了把它给您弄回来？不打算花这钱，就不该把它扔了。"

她气呼呼地走了，还叽咕着："居然要四法郎！"

一回到家，她叫来了萝丝，和她说了掘井工人的要求。素来顺从的萝丝重复道："四法郎，这可是很多钱啊，夫人。"

接着，她又说道："要不给可怜的小狗投掷点食物，让它不至于这么饿死？"

乐菲弗太太很欢喜地同意了；两人又出发了，带着一大块黄油面包。

她们把面包切成了小片，一片一片地投下去，轮流和皮埃罗说着话。小狗吃完一片，就会叫唤着再要求下一片。

她们晚上又来了，然后是第二天，每天都来喂。不过后来一天只喂一次。

可是，一天早晨，当第一片面包被投下去的时候，她们听到井底突然响起一声响亮的狗叫声。下面有两只狗！有人又扔了一只狗下去，是一条大狗！

萝丝大喊："皮埃罗！"皮埃罗叫了起来，叫了起来。于是两人又开始投掷食物；但每次她们都能听到一阵可怕的哄乱，然后是皮埃罗被它的同伴咬伤后凄惨的哀叫声，那个大狗更为强壮，它吃光了所有的食物。

她们则徒然地说着："皮埃罗，这是给你的。"皮埃罗显然什么也没吃到。

两个目瞪口呆失了主意的女人面面相觑；乐菲弗太太尖酸地说道："我总不能给所有被扔到洞里的狗准备吃的吧。必须放弃了。"

一想到所有这些狗都要靠她养活这个念头，她就心疼得不得了，于是离开了，甚至带走了剩下的面包，回去的路上，一边走一边吃着面包。

萝丝跟在她的身后，不停地用蓝色的围裙边擦拭着眼角。

1882 年 10 月 9 日

小酒桶

　　艾佩维尔镇上小旅馆的当家希克老板，在马格鲁瓦大妈家农庄门前停下了他的轻型双轮马车。他是个四十来岁、身材高大的汉子，面色红润，大腹便便，这里人都深知他的狡猾精明。

　　他将马拴在栅栏的木桩上，然后走进了院子。他有一块地毗邻这位老妇人的田产，故而垂涎了这块田产很久。他曾经不下二十次向老妇人提出要买地，都被马格鲁瓦大妈顽固地拒绝了。

　　"我在这块土地上出生，也要死在这块土地上。"她总这么说。

　　他看见老妇人时，她正在自家门口削土豆

皮。这位七十二岁的老太太，身材干瘪，满脸皱纹，背驼得厉害，却像个小女孩一般精力充沛不知疲倦。希克像朋友那样拍了拍老妇人的背，然后在她身旁找了张小圆凳坐下。

"嘿！大妈，您老这身子骨一直这么硬朗啊？"

"还不算糟，您呢，普罗斯珀老板？"

"唉！唉！总有些风湿痛；除去这点，倒算是称心如意得很。"

"那就好！"

然后她再也不说一句话。希克看着她在那里干着活计。她那钩子似的、满是筋结的、像是蟹爪般的坚硬手指像钳子一样从篓筐里钳出一只浅灰色的土豆，她将这土豆在手里飞快转动，依着另一只手上攥着的旧刀子的刀刃削下一条长长的皮来。当土豆整个被削成黄色，她就把削好的土豆扔到装着水的水桶里。三只胆子较大的母鸡一只接着一只跑过来，蹲到她的裙子下叼起零落的土豆皮，然后嘴里衔着战利品撒开腿逃走。

希克看上去有些为难，犹豫不决，又焦虑不安，好像有些话到了嘴边又说不出去。最后，他下定决心："说起来，马格鲁瓦大妈……"

"您有啥需要帮忙的？"

"这个农庄,您还是没打算卖给我吗?"

"说到这个不行。您就甭指望了。这话我已经说过了,既然说过就别往下继续纠缠了。"

"这个,是因为我找到了一种对我们双方都合适的处理方法。"

"什么方法?"

"是这样的。您把农庄卖给我,然后还是交给您管着。您还是听不明白吗?听我给您合计合计。"

老妇人停下了削土豆的动作,皱褶迭起的眼皮下一双亮晶晶的眼睛直直盯着旅馆老板。

那男人继续说道:"我来解释一下。我每个月给您一百五十法郎。您听明白了吧:每个月我都会驾着小马车给您送来三十枚五法郎一个的银币。而且什么都不用改变,什么都不变;您还是住您家里,您压根不用操心我的事,您也不欠我任何东西。您只消拿上我给您的钱过日子就行。您看如何?"

说着,他快活地瞧着老妇人,看上去心情愉快。

老太太狐疑地看着他,怀疑里头是不是有陷阱。她问道:"这个是对于我来说;可是对您来说,您不还是没拥有农场吗?"

希克老板继续道:"您不用对此犹豫不决。好心的上帝可是会让您活得长长久久的。您还是住您家里。唯一要做的,就是到公证人那儿签署一份文件,说您百年之后这些田产归我。您没有孩子,就单单那么几个不往来的侄子侄女。您觉得这样如何?在您有生之年您的产业还是归您,而我每月付您一百五十法郎。对您来说这稳赚不赔啊。"

老妇人还是很惊讶,担忧着,但心思开始活了,有点跃跃欲试。她反问道:"这事儿也不是说没有一点余地,只不过我需要合计合计。下周再来和我谈论这个话题吧。我再把我的意思和决定告诉您。"

希克老板像刚征服了一个帝国的君王一样心满意足地走了。

马格鲁瓦大妈想这事想得出神了。当天夜里也没有睡好。整整四天,她都坐立不安,拿不定主意。她能从这件事情中嗅到一丝危险的气息,但一想到什么事都不用做,就能每月进账三十个银币,想到这可爱的银币会在她的围裙里滚来滚去,发出动听的声音,就被这欲望折腾得像有成千上万的虫子在心里噬咬那般麻麻痒痒。

她于是去找了公证人,把自己的情况告诉他。公证人建议她可以接受希克的要求,不过要把每月三十个银币提高到五十个,因为她的农庄起码值个六万法郎。

"如果您再活上十五年，"公证人说道，"按照这种算法，他总共就只付了四万五千法郎。"

老妇人为每月五十个银币的前景兴奋得浑身颤抖；但她依然忧心，总担心会有种种突发状况，会有不为人知的阴谋，她整个晚上都在问长问短，似乎没打算要离开的样子。最后她让公证人准备一份文书，然后回了家，思绪昏昏沉沉，就像刚刚喝下四大罐子新酿的苹果甜酒。

当希克再次来到农庄听她回音的时候，她让那小子好生恳求了一番，装模作样地声称自己不干，事实上心里因为担心他不同意每个月五十个银币的要求而忐忑不安。后来看到他一直坚持，就提出了自己的要求。

那家伙失望得跳脚，立刻拒绝了。

这个时候，为了能说服他，老妇人开始讲道理，谈到关于自己还能活多久的问题。

"我应该最多能再活上五六年吧。看看我现在都七十三岁了，身子骨不算太硬朗。有一天晚上，我还以为就快死了呢。全身好像被掏空，使不出力，只得让人将我抬到床上安歇。"

但希克可不会随便让她忽悠了。

"您老就别说了，您可是像教堂的钟那么结实啊。至少能活到一百一十岁。到时候一定是您老送我先入土。"

一整天就在两人的相互扯皮中过去了。老妇人始终毫不让步，饭馆老板最后只得同意每个月五十个银币的请求。

　　他们第二天去签了文书，马格鲁瓦大妈还额外要了十个银币的酒。

　　三年过去了。这个女人的身体还是如此健壮。她看上去一点都没变老，希克开始渐渐失望。他感觉自己已经付了半个世纪的租金了，感到自己被欺骗了，被敲诈了，被坑穷了。他时常会去看看农场里的那位老太太，去看看，就像人们到了七月，就时常到地里看麦子是否熟得可以收割了。那位老妇人接待他的时候，眼中总是闪着狡黠的光芒。可以说是她狠狠地耍了这个男人一把；那男人呢，总是悻悻然立刻回到小马车上，一边嘴里还嘟嘟哝哝："你怎么还不死呢，瘦婆子！"

　　他不知道该如何做。一看见那个女人就想扑上去掐死她。他对这个老女人怀着一种强烈、奸诈的恨意，一种被夺了财的农民特有的恨意。

　　于是他动足了脑筋。

　　终于有一天，他摩拳擦掌地跑去见了老妇人，就好像第一次他去向她提议做买卖的时候一样。

　　在交谈了几分钟后，他说道："说起来，大妈，您去艾佩维尔镇的时候，为何从不来我店里吃晚饭呢？有人在那儿说闲话呢，说是我们的交情变坏了，不是朋友了，这让我很是悲哀啊。您要知道，您在我那里吃饭，一个子儿都不用花的。我可不会为顿晚饭斤斤计较。只要您哪天高兴，不用客气，尽管来，我很乐意接待您呢。"

马格鲁瓦大妈也不需要旅馆老板再三邀请，两日后，她便坐上仆人赛莱斯坦驾着的马车去集市了，也就毫无顾忌地将马儿拴进希克老板店里的马厩，声称如约而至前来吃晚饭。

旅店老板乐坏了，像招待贵妇人似的招待了她，又是嫩鸡、血肠，又是诺曼底肉肠、羊腿和肥肉炒白菜。但她几乎没吃多少，可能因为从小朴素惯了，总是只吃些汤和一片黄油面包片。

失望不已的希克，仍然一个劲地劝她多吃点。她也不喝任何饮料，甚至拒绝喝咖啡。

旅店老板问道："您总能喝上一小杯吧。"

"啊！这个倒行。我不拒绝。"

于是，他铆足了劲大喊，喊声穿过了整个旅馆："萝莎莉，拿白兰地来，要上等的，要最好的，要最纯正的！"

然后侍女出来了，手里拿着一个长瓶子，酒瓶上贴着一张葡萄叶样子的纸商标。

他斟满了两个小杯子:"来尝尝这个,大妈,这可不是一般的东西。"

那个老妇人开始慢慢喝着,一小口一小口地啜,要多享受一下这酒带来的快乐。她喝完满满一杯,连最后一滴也吮干,接着表示道:"嗯,果真不错,是上好的酒。"

她话音未落,希克又给她满上了一杯。她原打算拒绝,已经太迟了,于是,就像第一杯那样,她又长长久久地品尝起来。

旅店老板这时想让老妇人再来第三巡,但被拒绝了。他一个劲地说:"这个,您看看,可就和喝牛奶一样;我来上十杯、十二杯,都没问题。这就和糖一样好消化,既不胀肚子,又不上头;可以说在舌尖上就化成水汽了。对身体来说可是再好不过了!"

老妇人本就想喝,也就顺水推舟了,但她只喝下了半杯。

希克突然慷慨激昂,大声说道:"好吧,既然您喜欢这酒,我就送您一小酒桶,让您看看,我们始终还是好朋友。"

那个老女人没有拒绝,便微醺着离开了。

第二天,旅店老板进入了马格鲁瓦大妈家的院子,从马车里头拉出一个箍着铁圈的小桶。接着他让她尝了尝里头的酒,为的是证明这是和前一日一样的上好白兰地;当他们又各自喝了三杯后,他就一面起身一面表示:"以后,您明白的,如果酒喝完了,我还会送来的;您别客气。我可不是个小气的人。这酒越是喝得快,我越是高兴。"

说完,他爬上了自己的小马车。

他四天后又来了。老妇人正在门前,忙着切放在汤里的面包。

他靠近她打招呼,和她说话的时候都快凑到鼻子底下去了,为的是闻闻她呼出的气味。从这气息中,他闻到了一股子酒精味儿。于是整张脸眉开眼笑。

"您不请我来一杯?"他提出道。

于是他们一同饮了两三杯。

事隔不久后,当地时常有传言说马格鲁瓦大妈总是独自一人醉得不省人事。有时候醉倒在她家厨房里,有时候醉卧在她家院子里,甚至有时候就醉得瘫在周边的道路上,每每总要让别人把烂醉如泥、像具尸体的她抬回家里。

希克也不再去她家里,每当别人提起这个农妇的时候,他总是愁容满面地呢喃:"在这个年纪,竟染上这个坏嗜好,不是太不幸了吗?您瞧瞧,一个人年纪大了,可不就没法子了。这样下去一定会倒大霉的!"

确实，这让她倒上大霉了。当年的冬天，就在圣诞节前夕，她酒醉摔倒在雪地里，就那么死了。

希克老板继承了农场，他总对别人说："这个乡下婆子，如果不曾贪杯，起码还能活上十多年。"

1884 年 4 月 7 日

瞎　子

如何形容这份初见朝阳的喜悦？为何这笼罩大地的光明会让我们内心充盈生存的幸福？苍穹无垠，碧野茫茫，房舍雪白；我们狂喜的眼眸啜饮着层层鲜活的明色，把它们化成令灵魂愉悦的源泉。我们油然生出舞蹈、奔跑、歌唱的欲望，思绪轻灵，仿佛沐浴在一种无边的温煦之中，想要去抱拥旭阳。

蜷缩在门前的瞎子们，在永恒的黑暗中无动于衷，保持着镇定之姿，即使处于这新的喜悦之中。而且，他们有些莫明其妙地时时安抚着总想欢跳的狗。

当他们在日尽之时返回，手边搀扶的是个

小弟弟或者小妹妹,如果那个孩子说:"今天天气真不错!"瞎子就会回答:"我早就发现了天气不赖,小狗鲁鲁一直不肯老老实实待着。"

我就认识这么一个人,他受尽难以想象的残酷折磨。

他是个农夫,父亲是位诺曼底农场主。当父母健在的时候,他还能得到些许照料,只因残疾病痛遭些罪;而一旦两位老人离世,生存的残酷便立时显现。被一个姐姐收容后,他成了农场里每一个人眼中觊觎他人面包的乞丐。每顿饭,人们都对他的伙食颇有微词;都管他叫懒汉、乡巴佬;他的那位姐夫,在侵占了属于他的那份遗产后,不情不愿地施舍些残羹冷炙,也就只够他不致饿死。

他面容苍白,两颗大眼珠惨白如同两团封信用的面;在辱骂声中他能保持毫无表情,把心绪藏匿得如此之好,以致别人不禁怀疑他是否对侮辱有所感受。他的生命中从未感受过温柔这桩事物,他的母亲曾经也总是粗暴地斥责他,不喜欢他;因为在乡间,帮不上忙的废物就如同害群之马,农夫们很乐意像母鸡一样群起啄死那些残疾的同类。

他一咽下属于自己的那点食物,就坐到一边去,夏天坐在门前,冬天则在壁炉旁,在那里一动不动一直待到夜晚。没有一个手势,没有一个动作;只有他的眼睑由于一种神经性的疼痛抖动着，有时落下来盖住眼里的白斑。也许他也有智慧，也有思想，对他的生命有着清楚的认识？但没人会去考虑这些。

就这样持续了很多年。他对凡事的无能为力和无动于衷最终触怒了他的亲人，他成了个出气筒，成了一种供人虐待的物件，被扔给那些天性凶残的人，供他们发泄兽性，残酷取乐。

人们想出一切与他的失明有关的残酷的恶作剧。为了让他吃了东西后付出代价，他的进餐时刻成为邻居们添乐子的时刻，也是瞎子备受煎熬的时刻。

附近的农民都纷纷跑来享受这样的消遣；他们口口相传，于是农庄的餐厅每天都人潮涌动。有时候，人们在他舀粥喝的浅碗前放上只猫或者狗。这只动物似乎可以本能地嗅出对方是个残疾人，于是蹑手蹑脚地靠近，津津有味地舔着瞎子的食物，悄无声息地吃了起来；有时舌头吧嗒的声音过响，引起了那个可怜虫的注意，他就会拿起汤匙在面前胡乱打一通，它于是会谨慎地避开，免得被随意挥过的汤匙打到。

这时沿着墙根挤满的观众就会哈哈大笑，推推搡搡，还不停地跺脚。而他，永远还是一声不响，继续用右手吃饭，左手则伸着保护自己的盘中食。

有时候,有人会弄些塞子、木块、树叶甚至是垃圾让他嚼,他也分辨不出来。

后来,人们对这些恶作剧厌倦了;他姐夫对还需要养活他这件事难以忍受,就不停地揍他,打他耳光,嘲笑他不自量力地瞎躲甚至试图还击。这又成了一种新的玩法:打耳光。干重活的男仆、泥水匠、女仆任何时候都能抽他一耳光,打得他眼皮急促地翻动。他不知何处可逃,只得不停地伸出手臂阻止他人接近。

到末了,人们逼他去乞讨。赶集的日子里,他们把他带到大路上,每当听到脚步声或马车经过时车轱辘的声音,他就伸出帽子,结结巴巴地喊着:"请您行行好!"

不过,农民都不是些大方的人,有时候整整几周,他都带不回来一文钱。

于是大家都对他怀着一种强烈而无情的恨意。他是这样死去的。

某年的冬季,大地被白雪覆盖,霜冻得非常厉害。他姐夫就在这样的一个早晨,领着他到一条遥远的大路上,让他去求人施舍财物。他让瞎子在那个地方呆了一整天,到了晚上,他当着那些雇工的面说他没有找到瞎子。然后他说道:"切!不用管了,外面这么冷,有人会带他回来的。肯定的,他可不会迷了路,他明儿会回来喝汤的。"

第二天,他没有回来。

在若干小时冗长的等待后,瞎子觉得冻得快死了,就开始向前走。因为地上满是积雪,他认不出路,只能漫无目的地流浪,摔倒在雪坑里,就爬起来,还是不出声,默默地想在附近找一间房屋。

可是,寒冷的冰雪所带来的麻痹慢慢侵入了他的身体,他孱弱的双腿渐渐难以支撑起身躯,他就坐在了一片平原中,再也站不起来了。

莹白飘落的雪一点点将他埋在了下面。他僵直的躯体消失在连绵不绝、越积越多的银絮中;再也没有任何痕迹可以找到瞎子陈尸的地方。

他家里人装模作样地打听、寻找了他一个礼拜。他们甚至还掉了几滴泪。

严寒依旧,冰雪融化可不会很快到来。不过,某个礼拜日,在去教堂做弥撒的路上,一些农夫发现一大群乌鸦长时间地盘旋在平原上空,然后,如乌压压一片黑云扑向同一个地方,一会儿飞走,一会儿又飞回来。

接下来的一个礼拜,这些漆黑的鸟类还是盘踞在这里。天空中聚起一片暗色的云,就好像乌鸦都从地平线的各个角落汇集到了这里;它们发出凄厉的叫声,便落向那片晶莹的积雪,它们以奇怪的方式沾染了这片雪地,在

里头执拗地寻觅着。

一个小伙子跑去看个究竟,却发现了瞎子的残躯,半拉身子已经被吞噬掉,剩下的也被撕咬得支离破碎。他惨白的眼珠已然不见踪影,想是被贪食的乌鸦啄去了吧。

现在我再也无法在阳光普照的日子里感受到那种强烈的快乐,总是不禁会想到这个悲惨的可怜虫,他活着是如此不幸,以至于他惨烈的死亡反倒让所有熟识他的人们感到一阵轻松。

1882 年 3 月 31 日

伞

　　奥海尔夫人是个节俭的妇人。她深谙每一
文钱的价值所在,并且拥有一整套如何积攒钱
财的严格原则。她家的女佣人若想通过日常食
品的采购揩点油,显然是极其困难的;奥海尔先
生想弄点零用钱花也绝对是困难重重。尽管如
此,他们的小日子还是过得挺滋润的,而且也没
有孩子;但是,奥海尔夫人每每看到那白花花的
小银元从她手里花出去总是心疼不已。这好比
在她的心脏上狠狠刺上一刀;每当她不得不支
出一笔重要开销,就算是必不可少的支出,她当
天晚上也绝对会夜不成眠。

　　奥海尔先生总是不停地对他老婆说这样的

话："既然我们的收入怎么着也花不完,你可以手头放得宽松点。"

她则回答说："谁知道明天会发生什么事。手上多留几文钱总比没有好。"

奥海尔夫人是个四十来岁的矮小妇人,为人活泼,脸上有皱纹,她爱好清洁,经常发脾气。

她丈夫无时无刻不在抱怨,她让他忍受这种缺衣少食的简朴日子。他很确定某些方面的节俭让他的日子过得苦不堪言,伤害到了他的自尊心。

他是国防部的资深职员,之所以待在那个地方只是为了满足他老婆的要求,可以提高家里压根用不上的年收入。

整整两年,他都带着同一把补丁缀补丁的雨伞去办公室,这可让他的同事们没少笑话。终于他对他们的嘲笑忍无可忍,逼迫奥海尔夫人给他买把新的雨伞。她花了八个半法郎给他买了一把,是某家大商场打广告的特价商品。那些职员们,看着这么一把在巴黎大街上数以千计随处乱扔的物件,又开始了新一轮的嘲笑,奥海尔先生也只得忍气吞声备受煎熬。这把伞还真不经用,短短三个月就已经不能用了,这也成了国防部里的大笑话。有好事者甚至为此编了一首歌,就听到整幢大楼楼上楼下，每天从早到晚都传唱着这首歌。

奥海尔可气坏了，命令他老婆去给他挑一把价值二十法郎的好绸子的大雨伞，并且得把发票拿回来证明。

她买了一把十八法郎的伞，然后满脸通红，气呼呼地交到她丈夫手里，大声宣布："这把伞，你起码得给我用上五年。"

于是，得意洋洋的奥海尔先生在办公室真正地挽回了面子。

当他晚上回到家里，他老婆担忧地看了看雨伞，对他说："你不该用橡皮圈箍雨伞，这会破坏上面的丝绸。你可得给我好生注意着，要知道我可不会短期内再给你买把新伞的。"

她拿起了新伞，解开橡皮圈，把伞摇开。突然她一下子激动起来。一个圆窟窿，像小铜子那样大小，出现在雨伞的中央。是雪茄烫的！

她结结巴巴地说："这个是什么？"

她丈夫看也不看一眼，就平静地回答说："什么东西？你想说什么？"

她被一阵怒气扼住了喉咙，几乎说不出话了："你，你，你居然烫坏了你的雨伞。你，你真是疯了！⋯⋯你想让我们破产呀！"

他一听转过头来，脸上一阵发白："你说什么？"

"我说你烫坏了你的雨伞。你自己看！……"

她扑到他身上像是要去打他，把那个小圆洞恶狠狠地凑到他鼻子底下。

看到这个焦痕，他一阵茫然，嘟哝道："这……这，这是怎么回事呀？我也不清楚！我什么都没做过，绝对没有，我向你保证。我不知道这把伞怎么会这样！"

她现在嚷嚷起来了："我敢打赌，你一定拿着伞在办公室里到处炫耀，耍戏法一样打开伞给别人看。"

他回答道："我只打开过一次让大家看看这把伞多漂亮。其他没有了。我对你发誓。"

她愤怒得直跺脚，对着他又打又吵，狠狠闹了一场，这种夫妻间的争吵比让一个热爱和平的男人去枪林弹雨的战场上更为可怕。

她量了量破洞大小，从旧雨伞上裁了一块颜色不同的绸布补了上去；第二天，奥海尔先生神情憋屈，带着修补过的雨伞出门了。他把伞放到橱里，就再也不去想它，仿佛不去理会不好的回忆一样。

晚上，他刚一到家，他老婆就把他的伞抢过去，打开检查；出现在她面前的是难以弥补的损坏，她一时目瞪口呆。上面密密麻麻都是烧焦的小洞，好像有人把没有熄灭、还带着火星的烟斗灰倒在上面了。这把雨伞毁了,没法补救了。

她一言不发地看着,气得喉咙里憋不出一个字。他也是如此,看着雨伞的损坏情况,一阵愕然,又怕又懊丧。

接着,两人你看看我,我看看你;他低下了头,他老婆把那件破损的玩意儿朝着他脑门砸过去;之后,她总算在滔天怒火中找回了自己的声音,直接大喊起来:"啊!你这个蠢猪!蠢猪!你是故意这么干的!你赔我钱来!你再也别指望……"

一出家庭闹剧再次开演。一个小时的狂风暴雨之后,他总算捞到机会开始解释。他发誓自己对此一无所知;看情况应该是有人恶作剧或者打击报复,除此之外想不出其他原因。

一阵门铃声挽救了他。是个来他家吃饭的朋友。

奥海尔太太把情况告诉了那位朋友。至于买把新雨伞,算是没门了,她老公再也别想得到新雨伞了。

那位朋友试图用道理说服她:"那么夫人,他的衣服算是完了,这肯定比雨伞值钱得多。"

那个仍然气鼓鼓的小个子女人回答说:"那让他拿厨娘的伞,我可不会再给他买绸布伞了。"

听到这话,奥海尔先生可是生气了:"好吧,那我就去递辞呈！我可不会带着厨娘的伞去部里上班。"

朋友又说道："把这把伞的伞面换一下吧，花不了多少钱。"

生着气的奥海尔太太咕咕哝哝："换伞面起码要花八法郎。八加十八，可就是二十六了！单单在一把雨伞上就花二十六法郎，这简直就是发疯！这是老年痴呆！"

那个朋友是个贫穷的小资产阶级，他突然来了灵感："让你们的保险公司赔吧！保险公司会赔烧坏的物品，只要损失是在家里发生的。"

听到这个建议，小个子女人立马安静下来了；思索了一分钟之后，她对她丈夫说："明天，在去部里上班之前，你去趟慈爱保险公司的营业厅，让他们查验一下这把伞的损坏状况，再申请赔偿。"

奥海尔先生吓了一跳，说道："这辈子甭指望我去做这事！不过是十八法郎的损失，没什么大不了的。我们又不会因为这点损失而死掉。"

第二天他携着手杖出了门。幸亏这一天是个晴天。

奥海尔太太一个人在家里，为这十八法郎的损失坐立不安。伞在餐厅的桌子上，她一直围着它团团转，拿不定主意。

找保险公司赔偿的想法时不时跳上她心头，但她也没胆量面对保险公司那些先生们嘲弄的目光,因为她在人前总是相当腼腆,一点小事就会脸涨得通红,碰上需要和陌生人说话的情况,她就手足无措。

可是,十八法郎的损失就像身上的一道伤口一样让她心痛异常。她不想再去理会这些,但对这损失的记忆却不停地在心头敲击,让她痛苦。那么怎么办呢?时间一分一秒地过去了;她依旧什么主意都拿不定。后来,就像懦夫突然间拥有了胆识那样,她主意定了:"我要去,到了那里再看情况!"

不过,之前得先在雨伞上做点手脚,让损害看上去更为严重些,这样她的要求才可能得到支持。她在壁炉那里找了根火柴,然后在伞骨附近烫出了很大的窟窿,有手那么大;之后,她小心翼翼地把残存的丝绸伞面卷了起来,用根橡皮圈固定好,围上披肩,戴上帽子,快步下楼,走向保险公司所在的里沃利大街。

但是,她离目的地越近,她的步伐就越慢。她等下说什么?别人会怎么回答她?

她注意着里沃利大街的门牌号数。还差二十八个号。很好!还有时间可以思考。她越走越慢。突然她浑身一抖。眼前就是大门,门上金光闪闪的大字标着:"慈爱,火灾保险有限公司"。已经到了!她停了一会儿,感到不安和害羞,然后走过去,再走回来,又再次走过去,接着又走回来。

最后她对自己说:"不管怎么说,总得走这一遭。这种事宜早不宜迟。"

但当她真的走进大厅时,她感觉到自己的心突突乱跳。

她走进一间敞亮的房间,四周一圈的营业柜台,每个柜台口都能看到一个男人的脑袋,他们的身子被隔板给挡住了。

一个男人走了过来,手里拿着一些纸头。她停了下来,用一个腼腆的嗓音问道:"对不起,先生,请问我想要求赔偿烧坏的东西该找哪里呢?"

他用响亮的声音回答道:"二楼,左转。在损失科。"

这个字眼让她越发害怕了;她有了开溜的念头,真想什么都不说,直接牺牲掉她的十八法郎算了。但一想到这笔数额,她又有了些许勇气,于是她上了楼,喘着气,在每一级台阶上都停顿一下。

来到二楼,她看到一扇门,就敲了敲。一个清亮的声音喊道:"进来!"

她走了进去。这是一间很大的屋子,里头有三位先生站着谈话,他们都戴着勋章,神情严肃。

其中一个问道："夫人，您有什么需要帮助的？"

她不知道怎么开口，就结结巴巴说道："我来……我来……是为了……一笔损失。"

这位先生很礼貌地一边请她坐下一边说道："请您先在这里坐一会儿，我马上就来。"

然后，他回过去和那两位先生继续交谈："先生们，保险公司认为超出四十万法郎的偿付金额，不在约定范围内，是不会为您两位赔付的。两位让我们多加十万法郎赔付额的要求实难接受。此外，根据评估……"

那两人之一打断了他的话："够了，先生，让法庭来决定吧。我们还是告辞了。"

他们礼貌地致了敬之后就走了出去。

哦！如果她敢和那两人一起离开，她一定会这么做的；她会放弃一切开溜！但她能这么做吗？那位先生回到她面前，向她鞠躬道："有什么能为您服务的，夫人？"

她艰难地把话说出口："我为这……这个来的。"

那位经理以一种天真的惊异神情，低头看了看她递给他的物件。

她试着用一只发着抖的手解开橡皮圈。她费了好一番工夫才成功，猛地撑开了雨伞残破的骨架。

经理用同情的语气说道："我看这东西损坏得挺

厉害。"

她吞吞吐吐地说:"这把雨伞花了我二十法郎。"

他很吃惊,说道:"真的吗?居然那么贵!"

"是啊,这是把很棒的伞。您瞧瞧它现在的状况。"

"清楚了;我看到了,清楚了它的状况。但我不明白这个东西和我有什么关系。"

她心中一阵担忧。也许这个公司并不会赔这些小东西,于是她说道:"可是……它是烧坏了的……"

经理并不否认:"我看到这点了。"

她张着嘴发愣,不知道该说些什么;然后,突然,想起她忘了说来意,所以很快地说道:"我是奥海尔太太。我们在慈爱投过保险,我这次来是要求你们赔偿这笔损失的。"

她生怕被拒绝,就赶紧加上一句:"我只要求您为我补上个新伞面。"

经理一阵尴尬,高声说道:"可是……夫人……我们不是雨伞商人。我们没法给您做这类维修。"

小个子女人感觉找回了自信。必须去争取。而她会争取的! 她不再感到害怕,她说道:"我只要求赔付维修的费用。维修的事儿自然我自己去做。"

经理似乎给弄糊涂了:"说真的,夫人,这笔费用真不算多。我们从来没接受过如此微额的灾害赔偿。您想想，我们没法赔诸如手帕、手套、扫帚、拖鞋之类的东西，因为这些东西每天都可能会被烧坏。"

她的脸变得通红，感到怒火开始上升："不过，先生，去年十二月份，壁炉烟囱走火可是让我们蒙受了至少五百法郎的损失；但奥海尔先生并没有向保险公司申请索赔；因而今天，公司赔偿我这把雨伞也是天经地义的吧！"

经理猜到她在说谎，就微笑着说道："夫人，您得承认，既然奥海尔先生没有索赔五百法郎的火险损失，怎么又会要求赔偿区区五六法郎的修补费呢，这点不是很令人惊讶吗？"

她毫不惊慌，反驳道："对不起，先生，那笔五百法郎的损失，损失的是奥海尔先生钱包里的钱，而这笔十八法郎的损失则是出自奥海尔太太的钱包，这可不是一回事。"

他看到这样下去不光解决不掉这个麻烦，还会让他耗上一整天，于是退一步说道："那请告诉我，这个事故是如何发生的。"

她感觉自己看到了胜利，就开始讲述经过："是这样的，先生；我在衣帽间有铜制的架子可以放雨伞与手杖。那天回到家，我把雨伞搁到架子上。我得告诉您，正好在上面有一块放蜡烛和火柴的搁板。我伸手取了四根火柴。我划了其中一根，没点燃。我又划了一根，点燃后很快熄灭了。我划了第三根，结果也是一样的。"

经理用一句俏皮话打断了她："这些火柴都是政府制造的吗？"

她没明白他的意思，继续说道："也许吧。我总是需要划到第四根才能点上火，我点燃了蜡烛；接着我回到房间去睡觉。但过了一刻钟，我好像闻到了烧焦的味道。我向来害怕火。噢！倘若我们遇上了什么火灾，可不是我的过错！特别是，自打我刚才和您说过的那次壁炉烟囱走火发生过后，我就一直谨小慎微。于是我起身，出了房间，我寻找着，像一头猎狗一样到处闻气味，最后我发现是我的雨伞烧着了。很可能是一根火柴掉进去的缘故吧。您看看这都烧成什么样子了……"

经理对此已经打定了主意，他问道："您估计得赔多少钱？"

她不敢确定具体数目，就先没吭声。接着她佯装豁达，说道："请您找人修理。我从您这儿取。"

他拒绝说："这可不成，夫人，我没办法这么做。告诉我您要求多少钱。"

"但是……我看……这样吧，您看，我也不能赚您的钱,我……我们这么办。我把伞拿到雨伞铺子里,让他们配上优质的绸伞面,用那种又好又结实的材料,然后我拿发票向您取款。您看这样合适不?"

"好极了,夫人,就这么说定了。我写一张通知出纳的条子给您,他们会付给您相关费用的。"

他递了一张卡片给奥海尔太太,她接了过去,然后起身,一边道谢一边仿佛害怕经理变卦,急匆匆地走了出去。

现在她欢天喜地地走在大路上,寻找着看上去特别高级的雨伞铺子。当她看到一家华丽的铺子,就走了进去,然后坚定地说道:"这把伞要换一个绸面子,要用顶好的伞面。请拿店里最好的绸面换上去。价钱多少,我不在乎。"

1884 年 2 月 10 日

真实的故事

外面刮起一阵大风，秋风呼啸劲弛，这狂风无情地杀戮枝头的残叶，把它卷向连绵天际的云层里。

猎手们要吃完晚餐了，他们脚上还套着长筒大靴子，脸孔涨得通红，精神奕奕，容光焕发。这些个都是诺曼底半是乡绅半是农场主的土财主，家有巨财而且身强体健，他们的这种身板是绝对有能力把集市上擒获的猛牛犄角掰断的。

他们在伊帕维尔村长布隆代尔老板的土地上打了一整天猎，现在则是在主人家的一座带农庄的城堡里，围坐在大餐桌旁大快朵颐。

这群人说起话来像在大吼大叫，笑起来如

同野兽咆哮，饮起酒来则如同蓄水池，就这么随意伸着长腿，双肘搁在桌面台布上，两眼在灯火映照下闪着光芒，壁炉里的火生得很旺，血红的光焰投射到天花板上，让周围的人都感觉到暖洋洋的；人们谈论着的话题是打猎和猎狗。不过这些男人们都已微醺，所以每逢这种时刻，总会有一些其他的思绪涌上心头，几乎每一双眼球都随着一个胖乎乎的女孩子移动，这女孩的双颊肉鼓鼓的，红粉粉的双手托着一个装满了食物的大餐盘。

突然有个高个子冒了出来，他原本是为了当神父而去读书的，读完倒成了兽医，现在整个地区的动物都归他诊治，他就是赛舒尔先生，这会儿他大声喊道："不得了啊，布隆代尔老板，您这个女用人看上去非常不赖啊！"

这话一下子激起了一阵响亮的笑声。于是有一个已然沉溺在酒精里的破落老贵族，叫做德·瓦内托先生的，拔高了嗓门说：

我以前也曾和像她这样的一个小姑娘有过一段奇怪的过往！来吧，我可得和你们讲讲。每当我回忆起这段往事，总不免会想到我那条叫米尔萨的小母狗，我把它卖给了德·索奈尔伯爵，可是只要有人放开了它，它每天都会跑回我那里，因为它舍不得离开我啊。后来我气得急了，索性求伯爵用一条铁链锁上了它。你们猜猜这小家伙怎么了？它伤心地死去了。

不过，还是回过来说说我的女用人吧，故事是这样的：

我那个时候二十五岁，一个人在我位于维尔邦的城堡过着单身汉的生活。你们都知道，一个人如果既年轻，又有钱，而且每天晚上吃完晚饭就闲得无聊，自然两只眼睛就开始对四面八方各处都注意起来了。

很快我就留意到了一个年轻女孩，她在柯韦尔的戴布尔托家里做女佣。对于这个戴布尔托，布隆代尔，您一定认识吧？简而言之，那个小妞把我一下子迷住了，所以我有一天就跑去找她的东家，和他做了笔交易。他把他的小女佣让给我，而我呢，则把他整整垂涎了两年的一匹唤作可可特的母马卖给了他。他向我伸出手说道："就这么一言为定了，德·瓦内托先生。"这笔买卖就这么敲定了，小姑娘来到我的城堡，而我则把小母马亲自送去柯韦尔那里，卖了三百埃居①。

最初的那段时间，一切都顺风顺水。没有引起任何怀疑。萝丝爱着我，只不过在我看来，她的爱有些过火。

---

① 法国古货币的一种，法文原意是盾徽，起初为金质铸币——金路易，后常见银质铸币——银路易。1795 年至 1878 年左右，埃居为五法郎银币的代称。

这个女孩儿，你们要知道，可不一般。她的血管里一定流淌着不寻常的东西。也许任何女孩和她的主人发生亲密关系后，都会这样吧。

一句话，她爱极了我。又是甜言蜜语，又是亲密温存，又是各种肉麻的亲昵爱称，如此的盛情爱意让我不禁心里犯起了嘀咕。

我对自己说："这种情况不能继续下去了，不然我该被当成傻瓜了！"不过我这个人其实不容易被人骗。我可不是那种别人给你两个香吻，就神魂颠倒找不到北的人。总之，我可是留着心眼注意着呢；然而这时候，她却告诉我，她有了。

砰！砰！这消息就如同有人朝我当胸开了两枪。而她呢，抱住了我就亲，她抱住了我亲啊亲，她又是笑，又是跳着舞，她快乐得几乎疯掉了！当天我什么都没说；但到了夜里，我开始恢复理智了。我寻思："事情已经弄到这种地步了；不过必须设法补救，要避免损失，得跟她断了，这是当务之急。"你们能理解我的，我的父亲和母亲就住在巴尔纳维尔，我姐姐嫁给了德·伊斯帕尔侯爵，就住在罗勒贝克，那里距离维尔邦仅仅两法里而已。这可不是闹着玩的。

但是如何才能让我置身事外呢？如果让她就此离开

我家,有人一定会怀疑什么,然后就等着蜚短流长吧。而且我也不能这么随便就赶走她,让她自生自灭吧。如果我把她留在家里,过不了多久别人就能看场精彩好戏了。

我把这事儿说给了舅舅听,他是克雷特伊的男爵,是个游戏人生的老油子,我向他征求主意。他平静地回答说:"把她嫁了吧,孩子。"

我跳了起来。"把她嫁了,可是嫁给谁呀,舅舅?"

他轻轻耸了耸肩:"你愿意把她嫁给谁就嫁给谁,这是你的事情,跟我没半点关系。你只要不是太笨,总能找到这么个人。"

这话我思考了整整一个星期,最终,我还是这么对自己说:"舅舅的话很有道理。"

于是,我开始绞尽脑汁到处打听;直到有一天晚上,我和初审法庭审判员一起吃晚饭,吃完饭他对我说:"宝梅厄大妈的儿子又犯事了;这家伙最后的下场一定好不了。还真应了那句老话,'龙生龙,凤生凤,老鼠的儿子会打洞'。"

他提到的这个宝梅厄大妈为人老奸巨猾,年轻时期也不是个省油的灯。为了一个埃居就能把自己的灵魂卖了数钱,还要把她那个无赖儿子也一起捎带上。

我跑去找了她,然后把事情的缘由对她娓娓道来。

由于我在解释的时候显得有些为难，她突然问我："您能给这小姑娘什么？"

这个老婆子很狡猾，我也没那么缺心眼，我早就准备好接招了。

我正好在萨斯维尔附近有三小块偏僻的土地，属于我维尔邦的三个农庄。农庄的佃户总是抱怨这些土地太远；我索性收回这三块土地，总共六英亩，这下子我的那些农民们自然要大喊大叫了，我于是答应把他们该交的家禽租子放宽到合约期满的时候再交。这样一来事情就顺利了。我还在邻居德·乌蒙迪先生那儿买了一块坡地，让人在上头建了座农宅，加在一起花了我一千五百法郎。以这种方式，我算是花了不多的钱弄了一份小小的产业，我把这份产业赠给小姑娘当嫁妆。

老婆子大吵大闹，嫌嫁妆太少；我则一直坚持，丝毫不肯让步，于是我们谈崩了，各自回家。

第二天，一大清早，那个小伙子过来找我。我几乎都记不清楚他长啥模样了。当我见到他，就放心了；对一个庄稼汉来说，他模样算不赖了；但是看上去是个性格粗野、不知怜香惜玉的家伙。

他拐弯抹角兜着老远的圈子和我谈论这个话题，仿佛他此行是为了买头奶牛。当我们达成一致意见的时候,他说想看看那份产业;然后我们就一起穿过田野去了那里。那个无赖让我在田里头足足待了三个小时;他丈量来,丈量去,还从地里捡了几团粘土块,用手指捻成细末,仿佛买东西怕受骗似的。农宅还没有封顶,他于是不要茅屋顶而要封上石板瓦的屋顶,因为这样的屋顶在维修方面较为省事儿。

接着他对我说:"不过家具么,得您给我们。"

我反对说:"不行,给你一座农庄已经不错了。"

他冷笑道:"是挺不错,一座农庄还捎带上一个孩子。"

我的脸不由自主地红了起来。他又说道:"这样吧,您提供床、一张桌子、衣橱、三把椅子还有餐具,要不就一切拉倒。"

我同意了。

然后我们走上回去的路。他还没提到过一句关于女孩的话。忽然,他以一副阴险而为难的神情问道:"要是那个女人死了,这些产业归谁哪?"

我答道:"自然是归你了。"

这就是他从一大清早就想知道的事情,这下子他满意了,立刻向我伸过手来。我们达成了一致意见。

唉,我要怎么说服萝丝呢,这可是个棘手的问题。她赖在我的脚边不肯离去，无助地啜泣着，她不停地重复着同样的话："是您劝我接受这样的安排！竟然是您！是您！"长达一个多星期，她就在那里反抗着，对我满篇的大道理、苦口婆心的哀求置之不理。女人们都是蠢货；一旦脑袋里存着爱情，她们就什么都看不清楚，都不明白了。什么样的智慧、端庄都抛到一边去了，只有爱情第一，一切只为了爱情。

最后我气坏了，威胁说要把她赶走。这样一来，她才一点点让步，只要求我允许她经常来看望我。

我亲自把她领到了教堂的祭坛跟前，支付了所有的仪式费用，我请所有参加婚礼的人吃饭。我让一切都尽量考究。接着，我道了一声："再见啦，孩子们！"然后就到都兰我兄弟那里去待了六个月。

我回来以后，听说她每个礼拜都会来城堡找我。我刚回到家里不过一个小时，就看到她怀里抱着个小男孩来了。不管你们信不信，在我看到这个小娃娃的时候心里有种不一样的感觉。我想我可能还抱着他亲了亲。

至于那位母亲，看上去非常糟糕，只剩下副骨头架子了，没有一丝人气，看上去又瘦又老。天啦！糟糕透了！这场婚姻对她而言可是不如意啊！我随口问了声："你幸福吗？"

一听这话,她立马哭得跟个泪人似的,一边不停抽泣抹泪,她喊道:"我不愿,现在我再也不愿离开您了。我情愿去死,我受不了了!"

她哭得很凶。我竭尽所能安慰她,然后又把她送到栅栏门前。

我确实听说了她男人揍她,而她婆婆,那个恶老太婆则更使她日子过得苦不堪言。

两天后,她又回来了。她紧紧抱住我,跪在地上哀求:"您杀了我吧,我不愿意回到那里。"

这就像小狗米尔萨会对我说的话,如果它能开口的话。

所有这些事情又让我开始头痛了,于是我又出去躲了六个月。当我再次回来……当我再次回来的时候,我得知她三个月前死了,她死前的每个礼拜日依旧还会来城堡看看……这和米尔萨一模一样。孩子在母亲死后的一星期也死了。

至于她丈夫,那个狡猾的混蛋则继承了遗产。从此之后,他的日子过得风风火火,现在已经当上市镇议员了。

接着,德·瓦内托先生又大笑着说道:"随他了,谁让这家伙的发迹是我一手造成的!"

兽医赛舒尔先生一边将一杯烧酒举到嘴边，一边严肃地总结说："不管怎样，这样的女人，可真的碰不得！"

1882 年 6 月 18 日

羊脂球

接连好几日，都有些早已支离破碎的败兵之师从城里经过。这队伍几乎已溃不成军，不过是一些一起仓皇逃窜的乌合之众。那些人一脸肮脏的长须，身上挂着形同破布的军装，他们行进的步伐绵软无力，队伍中既不见军旗，也不见部队番号。所有人都意志消沉、疲乏不堪，无力作出思考和决断，只是单凭着惯性往前走，一旦停下步伐定然会因疲惫力竭而倒地不起。放眼所见，先是那些因动员令应征入伍的人们，都是些与世无争、爱好和平的小老百姓，他们本指望每年领取固定年金安稳度日，却被沉重的枪支压弯了腰；再有则是机敏的国民别动队士兵，

有时极易陷入惊恐,有时又骤然充满激情,他们时刻准备
着大举进攻或者开小差遁逃;然后,夹杂在这两者之中,
还有零星在大战役中被普鲁士军队歼灭的整编制军团中
残存的散兵游勇;还有散在各种步兵队伍中灰头土脸的
炮兵;偶尔,会有一个头盔锃亮的龙骑兵拖着笨重的步履
吃力地跟着前面步伐略微轻快的列队步兵。

被冠以英雄称号的义勇军们,如"战败者的复仇之
师"、"墓冢公民队"、"敢死队",也依次穿过了城区,难掩
周身的匪气。

他们中领头的,有些以前是呢绒商人或者粮食商人,
也有以前是油脂商贩或者肥皂商,开战后因为需要成了
战士,那些手头上有些票子的或者留着长长小胡子的就
被任命为长官,全身配满武器,穿着法兰绒军装,挂满了
各式饰带,他们嗓门响亮,大谈作战计划,仿佛唯一以肩
膀死撑起垂死的法兰西帝国的人正是他们这些夸夸其谈
之辈;但他们有时也会惧怕自己手下的兵,这些粗麻布衣
的平头百姓,经常勇猛得夸张,但惯于打家劫舍且放荡
不羁。

据说,普鲁士军队快进鲁昂市区了。

国民防卫队,自从两个月前,就开始谨小慎微地在周
边树林里部署侦察,有时还会开枪误击自己的哨兵,还会

因为荆棘丛中一只小兔子的动静严阵以待准备战斗，现今却都逃回自己的营地。那些武器、军装兵士、杀伤性装备等不久之前他们在方圆三法里①内国道两边布置的吓人利器，眨眼之间不见了踪影。

法国军队最末的那批士兵总算渡过了塞纳河，他们要借道圣瑟韦和阿沙尔镇前往蓬托德梅尔；身处队伍最后的将军，对这帮散乱无序、衣衫褴褛的败兵已不抱任何希望；一个长久以来习惯于品尝战争胜绩的民族，却有负自己的勇猛传统，败得一塌糊涂；将军身处这大溃败中几欲发狂、万念俱灰，独自走在两个传令官中间。

随后，一片深郁的宁静气氛，一种满怀恐怖的静默的等待笼罩在城市的上空。众多被商业贸易折腾得畏头畏尾、脑满肠肥的富户们，惶惶不安地等待着战胜者的到来，他们战战兢兢，生怕自家的烤肉叉子或者厨房里用的大菜刀也被当作抵抗的武器处分。

生活似乎全然停滞；商店都关上了门，街道也全无声息。偶尔会有个因为周围的静寂而心生恐惧的住户，迅速从墙根溜过。

等待的焦虑不安却助长了对敌人到来的希冀。

---

① 一法里等于四公里强。

法国军队全部撤离后的第二天下午，几个不知从哪儿冒出来的普鲁士执矛骑兵匆匆从城市穿过。然后稍晚些时候，一大队人黑压压地从圣卡特琳娜坡道那里下来，同时另两群入侵者分别从达尔内塔勒方向和纪尧姆市方向的两条大道涌来。三支军队的先头部队恰巧同时在市政大厅广场上会合；日耳曼人沿着周边的街道，从四面八方出现，一队又一队，士兵们强硬而富有节奏感的步伐叩得道路上的青石块声声作响。

陌生的喉咙里喊出的口号沿着这些貌似暮气沉沉、无人居住的屋子一路传去，响彻空际；在这些房子紧闭的百叶窗后面，许多双眼睛死死盯着这群战胜者，他们凭借"战争赋予的权力"，一举成为如今这座城市，乃至于其所属财富和生命的主人。这座城市的居民们，蜷缩在阴暗的屋内，被战争带来的恐惧吓破了胆，这场灾难如同一场惨绝人寰的天崩地裂，任何智慧与力量皆对此无可奈何。每逢事物既有的秩序被颠覆，每逢人身安全不复存在，每逢人类法律或者自然法则所维护的事物只能听凭无意识的残忍暴行践踏，这种无奈感必能闪现。这就像地震使房屋坍塌般覆灭了整整一个民族；就像决堤的河水沉溺了农民，连带着牛羊的尸骸和屋顶散裂的大梁；那些"胜利之师"大肆屠杀奋力自卫的人们，俘虏了他们中的一些人，堂而皇之地以军刀的名义大肆劫掠，以隆隆炮声感谢天神的庇佑，他们更像是可怕的洪水猛兽，破坏了所有人对永恒正义的信仰，颠覆了所有从学习中获得的对上苍庇佑与人类理智的信任。

每家每户门前，都有一支小分队去敲门，接着消失在门洞里头。这就是所谓的入侵后的占领行为。战败者有义务开始向战胜者显示他们的诚意了。

过了没多久时间，一旦最初的恐怖局势消失，一种新的平静局面又建立起来了。在很多家庭里，普鲁士军官会与主人家一道同桌吃饭。有的军官拥有良好的教养，他会出于礼貌，表现对法国的同情，并声称对于自己不得不参与这场战争深恶痛绝。主人家当然感谢这位军官持如此的态度；何况有朝一日也许会需要这位军官的保护。通过照顾这位军官，这家子也许可以少承担几个普鲁士军人的供养问题。既然对他有所求，那么还有必要去伤害他吗？如此做法虽然称不上勇敢但绝对不鲁莽。大胆冒险这个毛病显然不再属于鲁昂的富户们，这点与曾让他们的城市大大出名的英勇自卫时代大不相同①。他们

---

① 指15世纪初鲁昂人民英勇反抗英王亨利五世纪统治的光荣时代。

从法国人特有的处世礼法中得出了一条理由,即只要不在公开场合对外国士兵表示亲近,在家中对其礼貌相待是可以允许的。所以走出大门,就要装作彼此完全不认识,而在屋内,则可以随意自由交谈,这样一来日耳曼军官则可以在屋子里待得长久些,每晚,与主人家一大家子一起围在火炉前取暖。

城市似乎渐渐恢复它原本的面貌。法国人仍然很少出门,普鲁士士兵则在大街小巷随处溜达。此外,那些身穿蓝色制服的轻骑兵军官,狂妄自大地握着他们硕大的杀人武器从青石板路上大摇大摆而过,他们对普通老百姓所表现出的轻慢态度,并不比一年前在这几间咖啡馆里流连的法国步兵军官来得明显。

但在空气中似乎蕴含着什么东西,某种微妙而陌生的元素,一种怪异而令人难以忍受的气氛,仿佛是一种向四周蔓延的味道,一种入侵的味道。这种味道充斥着私人住所和公共场所,让食物变了味儿,给人一种身在旅途的感觉,而且是身处遥远、蛮荒可怕的部落中。

战胜者们需要金钱,很多很多的钱。总是当地的居民在买单;况且他们有的是钱。但要知道一个诺曼底大商人,当他越是富有,就越是会为每笔财产损失,为自己巨大财富中任何一小部分转到他人之手而痛心疾首。

不过，在距离城市两三里的地方，沿着河流水道，向克鲁瓦塞、迪耶普达尔或者比耶萨的方向而去，那里的水手和渔夫经常会在水道深处找出日耳曼人的尸首，包在军服里的尸身被水泡得肿胀，可能是一刀毙命或者被殴打致死，也有脑袋被石块砸碎或者在大桥上被推入河中淹死的。河底的污泥掩埋了这种种发生在黑暗中的、野蛮但合法的报复举动，匿名的英雄主义、无声的袭击，比光天化日之下的战役更为惊险却得不到任何荣耀的褒奖。

对入侵外族的仇恨总会令若干胆大的无畏者武装起来，准备着为信念而献身。

后来，这些侵略者尽管让整个城市臣服于他们铁血强硬的纪律之下，但大家听闻的那些他们在乘胜挺进途中所干的骇人勾当，似乎不曾在这座城市出现过，故而人们的胆子就壮了起来。贸易的需求让这里商人的心眼儿又重新活络起来了。有好几个在勒阿弗尔签有大笔资金的契约，那个城市仍然在法军的控制下，所以他们打算尝试着驱车，从陆路到迪耶普，再坐船去勒阿弗尔港。

有人动用了先前认识的日耳曼军官，凭借其影响打通关节，从司令官那里获得了一张动身许可证。

于是，有人订了一辆四匹大马拉的大型马车跑这趟路程，车厢登记订座的有十名旅客，并且决定在某个星期二上午天还没亮的时候启程出发，以避免任何可能的人群围观。

这些天来，霜冻使得地面坚硬异常，星期一下午三点钟光景，从北方，成堆的大片乌云压境，带来了降雪，雪不停地下了一个晚上，到深夜也没有止住。

清晨四点半钟，旅客们齐集在诺曼底旅馆的大院子里，他们在那里等着上车。

他们都还睡意蒙眬，裹在衣服下的身子冷得直打哆嗦。在晨色昏暗中，视线不佳，互相看不清楚；层层包裹的厚冬装让他们的身子看上去像包着宽大长袍的肥胖修道士。不过有两位男士还是互相认了出来，第三位也上前与他们攀谈，他们聊起了天。"我带上了我夫人，"其中一个说道。"我和您一样。""我也是。"头一个说话的又说道："我们不回鲁昂了，如果普鲁士人逼近勒阿弗尔，我们就去英国。"出于相似的安排，另外两个也这样打算。

这会儿，马车还没有套上马。一个马夫提着一只小灯笼，一会儿从一扇黑洞洞的门里走出来，一会儿又走进另一扇门里不见踪影。可以听见马蹄踏地的声音，但由于马厩里有褥草和马粪，声响不大，一个对着牲畜大声吆喝说粗话的男人声音从屋子里头穿出来。一阵轻微的铃铛声响起,这说明有人在套马具;这细微响声很快变得清脆而连续,随着马匹的动作而有节奏地响着,有时候会暂停片刻,随即又在突然的晃动中再次响起,伴随着马蹄铁敲打地面的沉闷声响一起传了出来。

门忽然关上了。一切声响停止了。富人们全都冻坏了,闷不做声,他们一动不动像是冻僵了。

连绵不绝的鹅毛大雪如同帘幕一般挂到了地上,无止无尽,如镜子般闪耀着光芒;这帘幕隐却了万物的形态,为其扑上了一层冰莹的细碎粉彩;在这个冬雪覆盖之下的静谧城市的沉寂中,只听得见那飘落的雪花擦出的难以言喻的、缥缈的瑟瑟声息,与其说是听见声息,不如说是感觉到有一种声息,因为那不过是些轻盈的微粒,似乎要去填充整个空间,覆盖整个世界。

那个马夫又提着小灯笼出现了,手中绳索拽着的那一头牵出了一匹神情沮丧、看上去极不情愿的马。他把马牵到车辕边,系上套索,在马的前后左右转了半天,才确认鞍辔扎得牢固,因为他一只手上拿着灯笼,就只有一只手可以用上。他正要去牵第二匹马的时候,发现旅客们一动不动,都披了一身的雪,就对他们说:"各位为什么不上马车,至少上面可以挡雪。"

恐怕之前没人意识到这点,他们赶忙走向马车。三位男士让他们的夫人坐到马车最里头,然后自己也跟着上了车;接着,另外几位看不清楚形貌、遮遮掩掩着的旅客也依次登上了车,一言不发地占据了剩下的座位。

车厢地板上铺着稻草,旅客们的双脚可以藏在里头。坐在车厢最里头的夫人们,都带了燃烧化学炭饼的铜质小手炉,她们燃起手炉,便轻声细语地列举出手炉的好处来,互相之间一遍遍重复着她们早就知道的事物。

终于马车上了套,因为四匹马拉起来比较艰难,所以套上了六匹马,车厢外传来询问的声音:"所有人都上车了吗?"车厢里回答:"都在了。"于是大家上路了。

马车走得极慢,慢慢地踱着小碎步。车轮深陷进雪中;整个车厢发出闷重的吱吱声;牲畜们一步一滑,呼呼喘着,冒着热气;车夫手中巨大的响鞭上下左右地挥舞,噼噼啪啪响个不停,如同一条扭动的细蛇,忽而拧成结,忽而又散开;有时一鞭子打到马儿圆滚滚撅起的屁股,马儿一受惊更加卖力起来。

不知不觉中天色越发明亮起来。这些被纯种鲁昂人出身的旅客比作棉絮的轻盈雪花不再下了。一缕昏暗的微光从厚重阴郁的大朵乌云堆中透出来,那云层让白雪皑皑的田野显得越发敞亮,田野上忽而出现一溜儿成排银装素裹的大树,忽而出现一座顶着莹白雪盔的茅草屋。

在马车里，借着黎明时分微弱的光亮，人们好奇地互相打量着。

车厢尽头，在最佳的位置上，卢瓦佐夫妇面对面坐着打盹，他们经营着大桥街的一家葡萄酒批发铺子。

他原本是一个老板手下的伙计，自打老板做生意破产后，卢瓦佐就买下他的资产，后来发了财。他以极便宜的价格将品质极差的葡萄酒卖给乡下的小零售商，因此熟识他的人和他的朋友都认为他是狡诈的坏胚子，一个满心算计、爱说爱笑的地道诺曼底人。

他偷鸡摸狗的名声可谓人尽皆知，以至于某一日晚上，在省政府的晚会上，寓言诗与歌曲作家土内尔先生，一位以言辞尖刻而著称、有着地区之星盛誉的名家，看到在座的女士们有些昏昏欲睡，就打趣建议一起来一局名为"鸟在飞"①的游戏，这个词就着双关的谐音"鸟宰肥"也就此飞出了省长家的沙龙，很快传遍城里的每个沙龙，让全省的人整整一个月笑得合不拢嘴。

卢瓦佐先生出名还有另外一个原因，就是他善搞恶作剧，爱开玩笑；所有人提到他时就会立刻加上一句："他真是十足的古灵精怪，这个卢瓦佐。"

---

① 在法语中卢瓦佐的意思是"鸟"。

卢瓦佐先生身材矮小,却挺着个圆球般的大肚子,上头一张红红的脸,两边颊须灰白。

他妻子是个大高个,强壮,行事果断,大嗓门,主意来得很快,在那个她先生活力四射地经营着的铺子里,她就是准则和计算标准。

在他们两人旁边,坐着一位属于更高社会阶层,更为高贵的人物,卡雷-拉马东先生,是个令人尊敬的人物,从棉花产业发家,拥有三家棉纺厂,获得过荣誉军团军官勋章,是省议会议员。在整个帝国时代,他一直都是友好反对派的领袖,照他的话说起来,就是以恭谦的手段与对手交锋,恩威并施,赢取更大的利益。卡雷-拉马东夫人相较她丈夫年轻上许多,那些被派到鲁昂来驻扎的出身名门的官长们常常在她身上找到安慰。

她与丈夫面对面,显得那么娇小可爱,那么美丽大方,她拥着厚厚的皮草大衣,不安地瞅着车厢里的凄惨景象。

她的邻座是胡贝·德·布雷韦尔伯爵夫妇,他们拥有诺曼底最古老、最尊贵的姓氏。伯爵是位举止高雅的老绅士,在着装打扮上的不遗余力凸现了他与国王亨利四世的相似之处。根据家族的光荣传说,似乎这位国王曾经搞大了某任德·布雷韦尔夫人的肚子,也因此得以让这位夫人的丈夫受勋为伯爵，并成为了直属王室的省级地方长官。

作为卡雷-拉马东先生在省议会的同事，胡贝伯爵代表了本省的奥尔良派①。他与南特城一个小船主女儿的婚姻史一直显得极其神秘。不过由于伯爵夫人本人举止雍容得体，待人接物更胜任何人，甚至被认为曾赢得过路易·菲利普②的一位王子的爱慕之情，所有的贵族都乐于接待她，她的客厅始终是当地第一号的、唯一一个保存着古老浪漫情调的雅致风尚的场所，门槛自是极高的。

德·布雷韦尔一家的产业全是不动产，据说收入达到五十万法郎。

这六人是车厢最主要的旅客，代表了社会的富裕阶层，生活安定，实力雄厚，是拥有宗教信仰、服从原则的上流权威人士。

凑巧女士们都坐在同一张长凳上；伯爵夫人身旁还坐着两位修女，她们拨动着长念珠口中不停喃颂着天主经和圣母经。其中一位年长些，脸上皮肤由于发过天花的缘故显得凹凸不平，感觉整张脸像被机枪迎面扫射成

---

① 这一派代表法国大资产阶级的利益。
② 七月王朝时期（1830—1848）的法国国王。

蜂窝状一般。另一位,看上去赢弱得很,面孔好看但病态,她的胸部仿佛受着肺结核的折磨;她的健康正被使他们成为殉道者或者虔诚圣徒的信仰蚕食着。

两位修女的对面,坐着一男一女,吸引着所有人的眼球。

那个男人非常出名,是被称为民主党人的古努德,他在好些个体面人眼里是个危险人物。二十年来,他的足迹踏遍所有民主党人混迹的咖啡馆,任自己的一把火红色大胡子浸渍在大扎的啤酒杯里。他从曾为糖果商的老父亲那里继承来的一笔数目相当可观的财富,也在伙同兄弟们和朋友们的吃喝玩乐中挥霍殆尽,现如今,他急不可耐地等待着共和国政权的来临,期待着得到相当的地位,以对得起他为革命所喝的那么多杯啤酒。九月四日,可能出于某个人的恶作剧,他以为自己被任命为省长;可是当他想进入省厅办公之时,办公厅的那些握有实权真正掌控局势的公务员们却严词拒绝承认给他的任命,这使他不得不走上退出这一条路。这位还是个超级好好先生,和善无害、乐于助人,他怀着一股子别人无法比拟的热情组织过对敌防御工事的架设。他带领人们在平原上各处挖壕洞,砍倒了附近树林里的所有小树作为路障,在各处大路上到处设置陷阱,而到了敌军日趋逼近的时候,他对自己领导的防御准备颇为满意，就赶忙退回了市内。他现在想为勒阿弗尔的防御工作尽一份绵薄之力，那里必然是需要构筑新的防御工事的。

那位女士，则是个真正的风流尤物，她因着妙龄的婴儿肥，得了个响当当的绰号"羊脂球"。她个子娇小，全身都圆滚滚、胖乎乎，能挤出膘油来，十指丰腴嫩圆，只在指关节处看得出紧窄的一圈，让人不禁联想起那成串的吱吱流油、肥鼓鼓的短香肠，她的肌肤光泽而紧致，丰满的胸脯将裙子撑得满满的，她看上去秀色可餐，很让人垂涎，而她身上那股子清新鲜润的气息也让人看了舒服。她的脸颊仿佛红彤彤的苹果，又像一朵含苞待放的牡丹；脸蛋儿上半部分，睁着一双黑得分外璀璨的明亮眼睛，浓密的长睫毛在眼波中映下一圈阴影；脸蛋下半段，一张迷人的小嘴儿，小巧却莹润得让人想上去咬一口，小嘴中一口珍珠般亮泽、玲珑的贝齿。

有人说，她身上除此之外还有着数不清的小优点。

她一经被认出，那些个富人太太们便开始不停地窃窃私语，像"妓女"、"社会耻辱"之类的字眼说得极响，让她不禁抬起了头。她用挑衅又凌厉的眼神扫视了一圈车内的同路人，于是车厢内立马又恢复了寂静，所有人都低下头，别开了眼神，只剩下卢瓦佐先生是个例外，他带着兴奋的神情放肆地观察着她。

　　不过，很快三位夫人又继续聊开了，那位胖女孩的存在突然使得这三个女人互相成了朋友，越发亲密起来。她们自认为，在面对这个可以恬不知耻地出卖身体的女人的时候，有必要拧成一股绳以捍卫有夫之妇的庄严身份；因为合法的爱永远是凌驾于放荡的爱之上的。

　　而那三位男士，在面对古努德的时候，也是出于保守派的本能，自发地彼此接近起来，他们以一种对穷人而言无比傲慢的语气谈论着金钱事务。胡贝伯爵谈到了普鲁士人让他蒙受的损失，那些因为牲口被盗、粮食无收带来的经济损失，以一个身家达到千万的大领主的身段痛惜这一大笔损失，称这将几乎让他一整年的日子不得安生。卡雷-拉马东先生，作为在棉纺产业中久经考验的大鳄，早已未雨绸缪，转了六十万法郎到英国，以备不时之需。至于卢瓦佐本人，他早早就有考量，已经倾空酒窖，把所有的普通葡萄酒都转售给法国军需部门，这样一来，政府那里就得支付他一大笔款子，而他正盘算着去勒阿弗尔领取这笔钱。

　　而后这三人使出迅速而友好的眼神互相对望了一下。尽管各自境遇不同，可彼此之间因为有钱的身份而感觉像兄弟，大家都属于同一个把手往裤子口袋里一插，便能听到金子清脆悦耳的声响的富豪集团。

马车走得极慢，都早上十点了，车子不过行驶了四里路。男士们下了三次车，步行过坡道。人们开始担忧，因为原本要到多特那个地方吃午饭，但现在天黑之前是甭指望能到那里了。当马车陷进积雪堆里，需要两个小时方能拉出来的时候，每个人都眼瞅着，希望能在路边找到个小酒馆什么的。

饥饿带来的欲望愈演愈烈，让每个人都受着煎熬；大道上找不到一家饭铺，也没有一家酒铺，因为普鲁士军队的来袭，饥肠辘辘的法国军队不断经过，所有买卖都吓得停掉了。

男士们奔向沿路的农庄寻找食物，但他们甚至都无法找到面包，因为多疑的农民藏起了全部的存粮，生怕过路的士兵没有半点可以果腹的东西，跑来掠夺。

快到下午一点了，卢瓦佐声称自己肚子饿得空空如也。所有人都像他一样被饥饿折磨了半天了；强烈的求食欲望一直在不断增长，让所有人的话匣子都关上了。

时不时，有人打个哈欠；马上有人跟着也打个哈欠；然后每个人都受了影响，轮流打起来，根据各自的不同性格、不同教养、不同的社会地位，各有各的打法；有的张开嘴巴大声打，有的秀气地伸出手挡在喷着热气的大嘴前。

羊脂球好几次倾下身,似乎试图在衬裙里寻找什么。她犹豫了一秒,瞅了瞅邻座的人,然后平静地挺直了身子坐好。众人的脸都是苍白的,皱紧的。卢瓦佐说只要能有个猪肘子啃啃,花上一千法郎都心甘情愿。他老婆做了个手势表示抗议;然后又默不作声。一切挥霍浪费金钱的行为都会让她备受煎熬,甚至连句和钱财相关的玩笑话都信以为真。伯爵说道:"事实上我感觉很糟糕,为什么我就没想到事先带上些食物呢?"每个人恐怕都同他一样埋怨自己吧。

不过,古努德带了满满一壶朗姆酒;他请别人来点,结果被冷淡地拒绝了。只有卢瓦佐老板接过去喝了两口,当他将酒壶还回去时,感谢道:"还是很不错的,让人暖和了些,感觉也不怎么饿了。"酒精给他带来了好心情,他建议大家照着一首歌词里唱的,在小船上解决饥饿的办法去做:把旅客中最肥的那个吃掉。这个似乎暗指羊脂球的建议吓到了拥有良好教养的人们。没人回应;只有古努德露出了一个微笑。那两位修女停止了拨念珠的动作,双手拢进了长袖筒里,她们一动不动,坚定地低下眉眼,默默忍受上天降给她们的苦痛,以此作为对上天的献礼。

三点钟的时候,马车来到了连绵不绝的平原中央,四周视野之内没有任何的村落,这时羊脂球迅速地低下脑袋,从板凳下方拉出了一只盖着白毛巾的大篮子。

她先从里头取出一个小瓷碟、一只细巧的银质酒杯,接着是一个大个的瓦钵,里头盛着两只整鸡,都切成了块,外头包裹着肉冻;在篮子里还能看到很多其他一包包的好东西,好几种冻肉酱、水果、甜食,满满当当足够三天分量的食物,这样一来完全不需要在沿途旅馆里补充食物了。在一包包的食物当中还有四个细颈瓶的酒。她取出一只鸡翅膀,细细地就着某种小面包吃了起来,这种小面包被诺曼底人称之为"摄政时期"。

所有人的目光都转向了她。然后,食物的香味在车内弥漫,牵引着大家的鼻孔,勾得众人口中的唾液泛滥,也引起了耳旁下腭那里肌肉一阵阵痛苦的痉挛。女士们对这个妓女的藐视越发厉害了,恨不得将她杀死或者直接扔到车外去,连同她的酒杯、她的篮子和那些食物一齐丢下去。

卢瓦佐两只眼睛贪婪地死盯着盛着鸡的瓦钵。他说道:"好极了呢,夫人果然比我们大家事先考虑得周详呢。总有些人素来知道什么是未雨绸缪呀。"她抬起头望着他说:"您想来点么,先生?要知道从早晨起就饿着肚子到现在,这滋味儿可不怎么好受呢。"他行了个礼:"老实说,我可不想拒绝，我可再也忍不下去了。战时就要有战时的样子，对不对，夫人？"在用目光扫了周围人一圈后，他又说道："这种时候，能遇见好心肠的人，可真好呀。"他有张报纸，就铺展开来以防油渍沾污他的长裤，然后从口袋里拿出那把随身携带的小刀，用刀挑出一个裹着亮晶晶肉冻的鸡腿，用牙恣意地咬着、嚼着，那心满意足的表情如此明显，在车厢里引出了一片失望的叹息。

羊脂球又用她那谦逊又温柔的声音邀请两位修女与她一起分享食物。那两位立刻就接受了，在含含糊糊蹦出几个感谢的字眼后，甚至没有抬起眼帘，就开始迅速地吃了起来。古努德也没有拒绝邻座的馈赠，和两个修女一道在膝盖上铺上报纸，拼成了一张饭桌。

几张嘴不停地开开合合，吞咽，咀嚼，狼吞虎咽。卢瓦佐，在他的那个角落，努力地小声试图说服他老婆像他那样去求得食物。她久久不肯妥协，最终因着腹部由饥饿引起的一阵痉挛，她还是做出了让步。然后她丈夫挖空心思遣词造句，询问他们"迷人的同伴"是否能给卢瓦佐太太一块鸡肉。羊脂球回答说："当然可以，先生。"一边笑盈盈地将鸡肉瓦钵递了过去。

当打开第一瓶波尔多酒瓶塞的时候，大家发现遇上了尴尬事情，因为只有一只酒杯。于是每个人喝完后只得擦拭一下再递给另一个人。单单只有古努德,恐怕是为了显示殷勤,喝酒的时候,直接将唇印在了刚才羊脂球喝酒时嘴唇印过沾湿的地方。

四周是大吃大喝的人们,几乎被食物散发的香气弄得窒息,德·布雷韦尔伯爵夫妇还有卡雷-拉马东夫妇正受到坦塔罗斯那著名的令人不堪忍受的酷刑①,想吃吃不到,想喝也无门。突然棉纺厂厂主年轻的妻子惨叫一声,引得大家都转过头去;她脸色如同车外的白雪一般,双眼紧闭,额头耷拉着,晕了过去。她丈夫,惊慌失措,向每个人哀求帮助。大家都六神无主,直到两位修女中年纪大的那位托起病人的脑袋,将羊脂球的酒杯凑近她双唇,让她吞下几口酒。那位美丽的夫人身子动了动,张开眼睛,露出一个微笑并用有气无力的声音说自己现在感觉好多了。但为了确认不会再发生同样的事情,修女逼着她又喝下了满满一杯波尔多酒,然后说道:"她这是饿的,没有别的问题。"

这时羊脂球脸涨得通红,紧张局促,她看着这剩下的四个还饿着肚子的旅客,结结巴巴地说道:"哦,老天,我

***

① 希腊神话中主神宙斯之子因泄露天机被罚永世站在上有果树的水中,水深及下巴,口渴想喝水时水即减退,饥饿想吃果子时树即升高。

还真想请这两位先生还有夫人……"话没说完,她闭上了嘴,生怕自己的邀请会被这几位当成一种侮辱。卢瓦佐接上了话头:"呃,当然喽,遇上这种情况,每个人都是兄弟,应该互相帮助。来吧,女士们,不用拘束,接受吧,哎呀!我们可不知道哪里可以找到个屋子让大家过个夜?按照现在的速度,我们明天中午前可到不了多特。"大家都犹豫着,没人敢担这个责任来回答一声"可以"。

伯爵倒是解决了这个问题。他转过身朝向还犹自胆怯的胖姑娘,摆出名门绅士的架子,对她说:"我们非常乐意接受您的好意,夫人。"

万事开头难。一个人一旦破釜沉舟,其他什么都不管不顾了,很快就风卷残云起来。篮子都清空了。里头的东西还剩一份肥鹅肝冻酱、一份云雀冻酱、一块风干的舌头、一些水蜜梨、一块软干酪、一些小饼干和一杯小酸黄瓜和醋洋葱,羊脂球和所有女性一样,喜欢吃生的蔬菜。

既然吃了这姑娘的东西也不能不和她讲话。于是,大家开始聊起来了,先是略带保留,后来看到她态度很不错,也就索性放开了。德·布雷韦尔夫人和卡雷-拉马东夫人,都是有教养的人儿,巧妙地显示着各自的高雅动人。尤其是伯爵夫人表现着非常高贵的女士们所特有的一尘不染的谦逊模样，显得动人得很。而那个胖胖的卢瓦佐夫人，有着宪兵的意志，态度丝毫不曾软化，话不多说，倒吃了不少。

人们自然谈论到了战争。大家说到了普鲁士士兵的残暴行径，法国人的勇敢之举；所有这些正在逃跑的人们在向别人的壮举致敬。很快开始谈起个人的故事了，羊脂球用一种真正的激动语气，以一种女孩子特有的表现愤怒的、慷慨激昂的言辞讲述着她是如何离开鲁昂的。"我本来以为自己能留在那里，"她说道，"我家里存满了食物，本来我情愿提供几个普鲁士士兵的伙食，也不想让自己流落到不知道什么地方去。但当我见到那些个普鲁士人，我真的控制不住自己了！我的血液里流淌的是怒火；我整天都在那里为自己的妥协行为感到羞愧而哭泣不止。哦！我要是个男人就好了！我从窗口看着他们，这些个带着尖顶头盔的肥猪们，我家的用人则牢牢抓住我的手，生怕我不由自主把家里的家具砸到那些家伙脑袋上。后来轮到有人住进我家了；我扑到第一个家伙的身上掐住他的脖子。这些人并不比别人更难勒死！如果不是有人拉住了我的头发，我本来是能结果他的。这之后，我就必须躲藏起来了。当我找到了这么个好机会可以离开那里，我就在这里了。"

大家都称赞着她。那些不能做到如此有胆识的同伴们对她的评价提高了;古努德一边听着她的故事,一边露出使徒脸上常有的那种表示赞许的微笑;就如同神父听到虔诚的教徒赞美上帝时那样,因为那些大胡子民主党人对爱国主义与穿教袍人士对宗教一样,都有种独占心理。轮到他发言时,他用理论家惯用的口吻,以每天贴在墙上的煽动性宣言那样的夸张语气说着,最后还来了段体现口才的雄辩,也不忘狠狠地呵斥那个"无耻之徒巴丁盖"①。

但羊脂球立马生气了,因为她是崇拜拿破仑的。她的脸蛋红得胜过樱桃,由于愤怒,说话也结结巴巴了:"我倒想看看你们其他这些人,坐在他的位子上会怎么样。那大约是能胜任的吧,哦,是啊! 是你们背叛了他,背叛了这个男人! 倘若统治法国的是像你们一样的胡作非为的家伙,那就只剩离开法国这一条路可以走了!"古努德似乎很镇定,他保持着傲慢且高高在上的微笑;但大家觉得马上要听到那些个粗俗的骂人话了,正这时,伯爵从中调解,他以权威的语气指出所有诚挚的言论都该得到尊重,这才好不容易平息了女孩的怒火。与此同时,伯爵夫

---

① 此为拿破仑三世含有讥笑意味的绰号。

人和工厂主太太，出于素来怀着有身份的人士对共和国莫名的憎恨，以及所有女性对于外表华丽的专政政府所怀有的本能的亲切，感觉到自己不由自主地觉得这个妓女颇有可爱之处了，她们之间涌动的情感是如此的相似。

篮子空空如也。十个人毫不费力就做到了这点，还不禁遗憾篮子没能再大点。交谈又持续了些时候，然而从食物吃完后，谈兴就开始慢慢冷下来了。

夜晚降临，黑暗逐渐变得深沉，一个人在消化的时候对寒冷的感觉越发敏感，羊脂球虽然一身脂肪却也冻得打战。德·布雷韦尔夫人见此，把她的手炉借给了她，里面的炭，从早晨开始换过好几次了，姑娘马上接受了，因为她的脚已经冻僵了。卡雷-拉马东夫人和卢瓦佐夫人则把她们的手炉借给了两位修女。

马车夫点起了灯。灯光闪烁，照亮车辕的马匹流汗的屁股上方，从那里升起一股股蒸汽，而道路的两侧，白雪在闪烁流动的灯光映射中延展开来。

马车里什么事物也分辨不出了，但突然在羊脂球和古努德之间有一种动作；卢瓦佐的眼睛在黑暗中窥伺，觉得自己看到大胡子男人猛然缩了下身子离远了点，仿佛刚才吃了一下无声的击打。

道路前方星星火点渐起。那里是多特。马车在道路上走了十二个小时,加上四次给马匹喂燕麦和喘息的两小时时间,统共花费了十四个小时。车子进入镇子,停靠在了商务旅馆门口。

车门打开了。一种熟悉的声音让所有旅客都胆战心惊,是军刀鞘敲击地面所发出的声响。立刻就听到一个日耳曼人喊着什么。

尽管马车已经停住,但没人下车,就好像一下车就会被杀似的。这时,赶车的家伙出现了,手上提着灯笼,立时照亮了车厢的尽头以及两排座位上惶惶不安的众人,他们都张大嘴巴,两眼瞪得滚圆,流露出吃惊和恐惧的神色。

车夫身旁,在灯光照耀下,站着个日耳曼军官,一个瘦削的高个子金发年轻男人,穿着窄紧的军服就像裹在紧身胸衣里的女人一样,歪戴着平顶、漆皮的军帽,看上去极像英国旅馆中的服务员。他嘴上的两撇胡须长得极长,又长又直,细细地往两边伸展,直到末梢一根金黄色细溜的须毛,纤细得简直看不见。这两撇胡子好像很重,压在嘴角,把他的脸蛋拉得往亨拉着,嘴唇便成了两头向下的一条弧线。

他操着浓郁的阿尔萨斯口音的法语请乘客们下车,语气生硬地说道:"先生们、女士们,还不下车吗?"

两位修女首先服从命令走下马车，她们具有那种惯于在任何情况下顺从的圣女特有的温驯特性。伯爵大人和夫人接着下了车，后面是工厂主与他的妻子，然后是卢瓦佐，他将她高大的老婆推到了身前。卢瓦佐双脚着地的时候，对军官说了句："你好，先生！"这声问候的目的不是出于礼貌而是显示他为人谨慎。而被问候的军官，就像所有有权势的人一样，表情漠然，一声不响地看着他。

　　羊脂球和古努德，尽管是座位离车门最近的，却是最后下车，面对敌人表情严肃而高傲。胖姑娘努力控制自己的情绪以保持冷静；民主党人不停地用手揉搓着自己火红色的大胡子，手有点哆嗦，颇有些悲剧意味。她和他试图保留自己的尊严，很清楚在这类交锋中，每个人所代表的是自己的国家；同样因为对同伴们的屈服感到愤慨，姑娘比那些同车人、那些体面的夫人表现得更为骄傲，而他呢，则感觉自己应该做出榜样，在整个态度上都显出他仍在继续从破坏大路造防御工事开始的抗敌任务。

　　大家进入旅馆宽敞的餐厅，那个日耳曼人让他们出示了那张由总司令官签发的离境通行证，通行证上面记录了每位旅客的姓名、外貌特征和职业，他久久地仔细端详这一群人，细细将他们本人与书面记录的内容进行比较。

然后,他突然来了句:"看来没错。"旋即离开了。

这下子,所有人放松了下来,可以喘口气了。感觉到似乎还很饿;于是让店家去安排夜宵。零零落落的准备时间需要半个小时;趁着旅馆的两个女佣忙碌着夜宵的时间,一众人去看了下自己的房间。所有房间都在一条长长的走道里,走道尽头有扇玻璃门,门上标着一个表示某种含义的数字①。

最后到了要坐下吃饭的时候,旅馆老板出现了。老板以前是个马贩子,一个害着哮喘病的大胖汉子,总能听到他喉管里呼噜呼噜、嘶嘶的声响,还有憋着痰液的声音。他的老爹传给他的姓氏是付安韦。

他问道:"谁是伊丽莎白·鲁塞小姐?"

羊脂球打了个哆嗦,回过头道:"是我。"

"小姐,那个普鲁士军官要您立刻去见他。"

"叫我?"

"是的,如果您是伊丽莎白·鲁塞小姐的话。"

她开始惴惴不安,思考了一会儿,直截了当地表明态度:"大概是找我,不过,我不会去。"

她周围的人开始骚动起来,每个人都在猜测这道命

---

① 这个影射的数字是特殊用途的 100 号,指的是厕所。

令背后的缘由。伯爵凑近她说："这您就不对了，夫人，因为您的拒绝可能带来很大的麻烦，不仅对您本人不利，也会对您的这些同伴不利。永远不要想着与那些最有势力的人对着干。退一步显然不会带来任何危险，兴许就是完成一些必要的手续罢了。"

所有人都赞同他的意见，都请求她，逼迫她，对她说教，最终把她给说服了；因为大家都觉得一时的违忤会带来无穷无尽的麻烦。她最后说道："当然这是为了你们大家我才去的！"

伯爵夫人握住了她的手，说道："我们非常感谢您。"

羊脂球走了出去。大家等着她一起吃饭。每个人都庆幸被叫走的人是这个性情暴躁的姑娘而不是自己，纷纷在心里暗自准备着一旦轮到自己被叫去时，该如何讨好那军官。

十分钟后，那姑娘回来了，气喘吁吁的，脸孔通红像是要窒息一般，她出离愤怒了，嘴里嘟嘟哝哝："那个流氓！那个无赖！"

所有人都急于知道详情，可她只字不提；当伯爵继续追问的时候，她带着庄严的口气回答道："不，这一切与诸位不相干，我不想再提了。"

然后大家围坐在一个飘散出蔬菜香气的高高的大汤

罐子边上。撇开这场虚惊,夜宵享用得十分愉快。苹果酒滋味甘美,出于省钱的目的,卢瓦佐夫妇和两位修女都来了点。其他人则叫了葡萄酒;古努德一个人要了啤酒。他用一种特殊的开瓶方法,让液体溢满泡沫,然后把酒杯侧过来细细观察,再抬高酒杯放置在灯光与眼睛之间鉴赏液体的色泽。当他啜饮的时候,那大把胡子,泛着心爱饮料的色泽,仿佛也会感动得轻颤起来;他的双眼斜视着,一分一秒也不愿离开他的大啤酒杯,似乎在履行此生唯一的职责。简直可以说他在心里让他毕生唯一的两大癖好——金黄色啤酒和革命之间如此接近,建立起水乳交融的关联;在品味啤酒的同时,他显然也在憧憬着革命。

付安韦夫妇都坐在桌子的另一头吃着晚餐。那男的,发出嘶嘶的喘气声,如同一台破败不堪的火车头的声音,他的肺部吸进了太多的空气以至于根本无法在吃饭的同时说上两句话;而那个女人恰恰相反,整一个话痨子,就没消停过。她不停地述说着自打普鲁士军队到来她的所见所闻,那些人都做什么了,他们说什么了,然后她又怎么憎恶他们了,一开始是因为供应他们花了她大笔费用,再后来就是因为她的两个儿子被弄到军队里去了。她尤其爱和伯爵夫人聊天,觉着和这么位高贵的夫人谈话是一件弒有面子的事。

随后,她压低嗓门开始谈一些比较敏感的事情,她丈夫则时不时打断她的话:"你最好别开口说这些,付安韦太太。"但她不以为然,继续滔滔不绝:"是的,夫人,这些个家伙,只吃猪肉和土豆。而且您千万别以为他们爱干净。天啊,绝对不是这样的! 不客气地说,他们到处拉撒。幸亏您没看到他们整日整日的在那里操练军队;他们全部人都在一片操场上,向前走,向后走,向这里转,又向那里转。要是他们种种地或者在他们自己国家修修公路也就算了! 可是,不! 夫人,要知道,这些个军人,简直百无用处! 可怜的小老百姓却不得不养活这群只会屠杀的家伙! 我不过是个没受过教育的老女人,这不假,不过看到这些家伙每天从早到晚筋疲力尽地在地上踩过来踏过去,我就对自己说,在这世上有好些人努力创造发明是为了对社会有用,怎么就有那么一些人花费了大力气就为了害人呢! 说实话,不管是普鲁士人或者英国人,还是波兰人或者法国人,杀人不都是件令人憎恶的事情吗? 如果你对曾得罪过你的人报复,这是不对的,你会被判刑;但如果有人拿着枪,像宰杀牲口一样屠杀我们的孩子,那倒成对的了。因为谁都知道,杀得最多的人会得勋章,这又是怎么回事呢? 不,您看看,我可是永远看不懂这些事啊!"

古努德提高了嗓门说道:"如果是随意攻击爱好和平的邻国,战争就是野蛮行径;如果是保卫祖国,战争就是神圣的职责。"

老妇人低着头说道:"对啊,说到自卫,那可是另外一码事;不过难道不该宰了所有用打仗来逗乐子的国王吗?"

古努德的眼中像有火焰在燃烧,"说得对极了,女公民!"他说道。

卡雷-拉马东先生陷入了沉思。尽管他本人是那些声名显赫的军事家的狂热崇拜者,但这位乡下老农妇的一番真知灼见让他想到,那么多人闲着不干事,国家最终只能衰败,如果能把他们用在大规模工业发展上,所创造的财富得好几个世纪才能用完吧。

卢瓦佐先生离开了座位,去和旅馆老板低声攀谈。那个胖男人笑着,咳嗽着,吐着痰;他肥硕的大肚子因着身旁那个人诙谐的话语而快活地抖动着,后来,他向卢瓦佐买进了六小桶波尔多酒,等明年开春普鲁士人走了后再交货。

夜宵刚一结束,大家都觉得疲惫不堪,就去睡觉了。

不过卢瓦佐似乎发现了些事情,在让他老婆上了床之后，他马上把耳朵贴在门上，眼睛凑在门锁孔那儿，向外张望，想发现他所谓的"走道的秘密"。

大约一个小时后，他听到一阵窸窸窣窣，赶忙去张望，看到羊脂球穿着一件蓝色羊绒睡衣，镶着白色的蕾边，这显得她比白天更加胖乎乎的。她手里端着烛台，朝着走道尽头标着大号码的房间走去。但，旁边有一扇门轻轻打开，当她几分钟后回来的时候，穿着背带裤的古努德跟上了她。他们低声言语，后来都停了下来。羊脂球似乎决然地把守着她房间的入口。不幸的是，卢瓦佐根本听不见他们说的话，不过后来，由于两人都拔高了嗓门，所以他能听到只言片语。古努德激烈地维持己见，说道："看吧，您怎么就不明白，这样做对您又算什么呢？"

她生气地反驳："不，亲爱的朋友，有些时候不能做这些事；而且在这里，这是一种耻辱。"

他似乎还是不明白她的坚持，问她为什么。于是姑娘发火了，又把声音提高了点："为什么？您不明白为什么吗？当屋子里有普鲁士人的时候，兴许他们就在隔壁房间？"

他沉默了。这个妓女不愿意在敌人就在附近的情况下与男人亲近，这种爱国廉耻心唤醒了他心中虚弱的尊严；他只拥抱了一下姑娘，就悄无声息地回到了自己房间。

卢瓦佐心里跟火烧一般，离开了锁孔，在房间里又蹦又跳，穿上棉布睡衣，掀开盖着他老婆粗壮身躯的床单，吻了她一下，把她吵醒，轻声问道："亲爱的，你爱我吗？"

然后整个屋子都变得静悄悄的。但很快，在某个地方，不确定是酒窖还是阁楼的方向，响起了一阵很响的呼噜声，单调而富有节奏，沉闷而拖长的声音有点像锅炉在压力下震动的感觉。付安韦先生睡着了。

由于决定第二日早晨八点出发，所有人都聚集在餐厅里；但马车就孤零零地立在旅馆院子里，篷布上堆满了积雪，没有一匹马，也没见到赶车人。人们到处去找马车夫，不论是马厩里、草料间还是车房都找不到他的踪影。于是所有男人都决定到周边去兜一圈找人，他们出了门。他们来到广场上，尽头是座教堂，两边有一些平矮的房子，里头有好些个普鲁士士兵。他们看到的第一个在给土豆削皮。第二个，比较远一些，在清洗理发师的铺子。另一个满脸大胡子只看得见眼睛，怀里抱着个哇哇大哭的娃娃，搁在膝盖上正哄着他；一些胖胖的农妇们，她们的丈夫都"战时应征入伍"了，用手势指点那些听话的胜利者们去完成应当做的工作：劈柴火，把食物泡在汤里，磨咖啡豆子；其中有一个甚至在为他的女房东，一位行动不便的老奶奶洗衣服。

伯爵很吃惊，询问了一个从本堂神父宅子里出来的教堂小职员。这个靠着教堂吃香喝辣的家伙回答说："哦，这些人啊，本性不坏，这些可不是大家嘴巴里所谓的普鲁士人。他们来自更远的地方，我也闹不清楚具体是哪里；他们都不得不把老婆、孩子留在家乡；打仗对于他们也不是什么开心事，苦着呢！我觉着那里的人也一定在为着自己的男人哭；战争不管对谁，都是苦难。这里，一时半会儿还没有那么悲惨，因为这些人没做什么坏事，他们也像在自己家里那样做活。您看，先生，穷苦老百姓之间，只能互相体恤帮助啊……都是头头脑脑这些大人物喜欢战争。"

古努德对战胜者和战败者之间这种真挚的和睦关系光火不已，转身回去，他情愿把自己关在旅馆里。卢瓦佐则冒出一句俏皮话："他们在繁殖人口。"卡雷-拉马东先生则掷下沉重的一句："他们正在补救。"但还是没有人见过马车夫。最后，大家在村庄的咖啡馆里，看到他正和普鲁士军官的传令兵像好兄弟一样坐在一张桌子旁。

伯爵招呼他："没人吩咐您在八点给马车上套吗？"

"呃，有过这样的吩咐，不过后来又有了新指令。"

"什么指令？"

"让我不用给马车上套。"

"是谁给的这个指令?"

"老实说,是普鲁士军官。"

"为什么?"

"我也不清楚。您可以去问他。有人不许我套马车,我只能不套。就这么回事。"

"是他本人对您这么说的吗?"

"不,先生,是旅馆老板传的话。"

"什么时候?"

"昨天晚上,我正要睡觉的时候。"

三个人忧心忡忡地回到旅馆。

他们要找付安韦先生问清楚,女佣回答说,先生有哮喘病,十点前不会起床。他甚至还特意严令任何人在这之前不准叫醒他,除非是发生火灾了。

他们又想去见军官,但这是绝对不可能的,尽管这位也住在旅馆里。付安韦先生是唯一被许可去和他谈论有关民生问题的人。这样一来只有等待。女士们重新上楼回到各自的房间,只能做些毫无意义的琐事。

古努德在餐厅的一个高大的壁炉跟前坐下了,里头火烧得很旺。他让人搬来了一张小咖啡桌,一罐啤酒,然后抽着烟斗,在民主党人士里这玩意儿几乎和他本人一样受欢迎,就像它通过服务了古努德也服务了祖国一样。这是一支结满烟垢的海泡石烟斗,和主人的牙齿一样黑,但散发着烟草香,弧度优美,油光锃亮,和主人的手已经混得很熟了,成了他外表不可或缺的部分。古努德就这样纹丝不动,一双眼睛时而紧盯着壁炉里的火焰,时而看着啤酒杯里溢满的泡沫;每喝上一口,他便惬意地将瘦长的手指插进油腻腻的长发里,一边吮吸着挂在大胡子边缘的啤酒沫。

卢瓦佐先生借口说要活动下筋骨,去向本地的小零售商推销葡萄酒去了。伯爵和工厂主开始谈论政治。他们预测着法国未来的局势。前者对奥尔良党人深信不疑,工厂主则期待着陌生的救世主,一个当所有一切都令人失望时能揭竿而起的英雄,也许是某个类似杜·盖斯克兰①或者圣女贞德②一样的人物?或者另一个拿破仑一世?啊!如果皇太子③不是那么年轻就好了!古努德一边听着,一边对这个所谓的天命所归的人物付之一笑。他的烟斗散发出的香气弥漫了整个餐厅。

十点一过,付安韦先生就出现了。大家迅速询问他;

---

① 十四世纪的法国民族英雄。
② 英法"百年战争"中法国的民族女英雄。
③ 指拿破仑三世的儿子,普法战争时只有十四岁。

但他只是一字不改地重复了两三遍同样的话："军官先生对我说：付安韦先生，您去禁止这些旅客明天套上马车。我不允许他们在没有得到我的命令的情况下离开。您已经听见了。这样就够了。"

这么一来，他们想去见见那位军官。伯爵让人给他送去一张自己的名片，卡雷-拉马东先生也在上面写上了自己的名字和所有头衔。普鲁士军官找人回复说，他允许这两位先生在他吃完午饭后去见他，这就是说下午一点左右。

女士都下来了，虽然满心不安，大家还是吃了点东西。羊脂球看上去像是生病了，而且显得异常慌张。

刚喝完咖啡，那个传令兵就来找两位先生。

卢瓦佐也和那两位先生一起去了；但当他们打算说服古努德一道去，以增加这次行动的威严性时，这位骄傲地宣称不愿意与日耳曼人有任何的接触；他又坐回壁炉边的座位，让人送了一罐啤酒。

三位男士上了楼，让人带到这个旅馆最为华丽的房间，军官就在这里接待他们，他躺在沙发椅里，双脚搁在壁炉上，抽着瓷制的长烟斗，身上裹着一件亮眼的睡袍，可能是从某个品味低劣的富人荒弃的宅子里掠夺来的物件。他既不起身，也不向他们打招呼，甚至不看他们一眼,充分展现了战胜者自然流露出的粗鲁。

过了好一会儿,他终于开口了:"你们想怎么样?"

伯爵发言说:"我们想动身,先生。"

"不行。"

"我能不能问一下您拒绝的理由?"

"因为我不乐意。"

"先生,我敬请您过目一下由贵军总司令给我们签发的离境通行证,那上面允许我们去迪耶普,而且我认为我们不曾做过任何事情值得您对我们如此严厉地处置。"

"我不乐意……就这么简单……请你们下楼吧。"

三个人欠身鞠了个躬,就退下了。午后的情况凄凄惨惨。没人看得懂这个日耳曼人的乖张脾性,大家脑袋都被一堆的奇思怪想折腾得混乱不已。所有人都待在餐厅里,喋喋不休地争论,天马行空地讲着一些似是而非的事情。也许有人要把他们作为人质,但出于什么目的呢?或者把他们当作俘虏关起来?或者,不过是向他们敲诈一笔可观的赎金?想到这点,一阵恐慌让他们快发疯了。其中最富有的几个尤其害怕,眼前似乎已看到,为了救赎他们的小命,一袋袋满满的金币倒在这个傲慢无礼的军人手中。他们挖空心思寻找可信的谎言,以遮掩他们的富有,可以去装穷,冒充很穷很穷的人。卢瓦佐扯下了怀表,塞进口袋。夜幕的降临使他们越发害怕。室内点起了灯,由于离晚饭还有两个小时,卢瓦佐太太建议大家来一局"三十一点"。这可以让大家消遣一下。众人同意了。古努德出于礼貌,熄灭了烟斗,也参与了进来。

伯爵洗过牌,发了牌,羊脂球一下子就握到了三十一点;很快对游戏的兴趣就盖过了脑中盘旋的恐惧。但是古努德发现卢瓦佐两口子合谋抽老千。

很快要上餐桌了,付安韦先生又出现了,用他沙哑的嗓音宣布说:"普鲁士军官叫我来问伊丽莎白·鲁塞小姐是否改变了初衷。"

羊脂球站着不动,脸色苍白;然后又突然变得绯红,她几乎被愤怒噎得说不出话来。最后,她宣布:"您去对那个淫棍、那个卑鄙家伙、那个下流胚普鲁士混蛋就这么说,我永远都不会答应,您听清楚了,永远,永远,永远也不!"

胖老板走了出去。然后羊脂球就被大家包围起来,大家纷纷询问她,恳求她,想让她说出到底普鲁士军官找她谈话有什么秘密。她开头不肯说,但没多久愤怒激化了她的情绪:"他想干什么?……他想干什么?……他想我陪他睡觉!"她大声地吼了出来。竟没有人觉得这话刺耳,反倒都特别气愤。古努德将大酒杯重重地砸在桌子上，酒杯都碎了。只听见一阵遣责下流卑鄙的野蛮军官的呼声，这是一股子怒气，这是一种为了抵抗而群策群力的团结一心，这向她索要的牺牲就如同向每个人索要牺牲一般。女人们都给予羊脂球一种有力的、抚爱的悲悯怜惜。而那两个只为晚饭才下楼的修女，则是自始至终不曾抬起低顺的脑袋，一言不发。

当最初的怒火消弭，众人开始吃起了晚饭；但席间大家话很少，都在想着些什么。

女士们吃完，很早就告退了，而男人们，一边吸着烟，一边组织起一种双人纸牌戏，他们也一块儿邀请上了付安韦先生，打算有技巧地向他打听一些说服普鲁士军官不再为难他们的巧妙手段。但旅店老板似乎眼中只有牌，对旁人的询问充耳不闻，也不作回答；他总是不停重复："管好牌，管好各位的牌，先生们。"他注意力如此集中都忘了吐痰这回子事儿了，使得胸腔里发出的声音拉得很长。他呼啸着的肺部发出了哮喘病的全部音阶，从最为沉重、绵深的音符到像公鸡打鸣一般的尖锐嘶声。

当他老婆从睡梦中惊醒，下楼来找他时，他甚至拒绝随她上楼。这样，她就一个人回去了，因为她是早起一族，总是太阳初升就起床了，而她老公则恰恰是夜猫子，总是和朋友通宵熬夜。这时候听到他对他老婆叫唤着：

"你别忘了把我的蛋奶糊糊搁在火边。"然后继续打牌。等大家看到无望从他那里套出点什么，就宣布是时候去睡觉了，于是各人都回去了。

第三天大家依然都早起，心中抱着一丝不确定的希望，一种更为迫切的可以动身的希冀，一种要在这个恐怖的小旅馆继续度日的恐慌。

唉！马匹仍在马厩中，马夫依然不见踪影。人们无所事事，只能围着马车打转。

午饭吃得悲凉；大家面对羊脂球都表现出了一些冷淡，因为夜晚让大家能够思考，也修正了一些对此事的评判。人们甚至开始埋怨起这个姑娘，没有去秘密见那个普鲁士军官，如果去了，兴许就能在大家起床的时候给同伴们一个大大的惊喜了。还有比这个更简单的法子吗？况且谁会知道呢？为了保持颜面，她只消对那位军官说是出于对同伴们困境的怜悯。对她而言，某些东西原本就不重要！

但没人会承认自己的这点小九九。

到了午后，看着大家无聊得要命，伯爵建议一起去村子周围逛逛。每个人都精心穿戴打扮后，这个小团体就出发了，古努德除外，他宁愿待在炉火边，而修女们则把时光都打发在教堂里或者神父那里。

寒气一天比一天来得重，严寒刺痛了每个人的鼻子和耳朵；双脚疼痛难忍以至于走出的每一步都是一种煎熬，大家来到田间，在这茫茫无边的雪白中，田野显得凄凉得令人害怕，于是全体立刻往回走，灵魂已冻滞，心也冷得发紧。

四位女士在前面走着，三位男士跟在后头，略微隔开几步路。

卢瓦佐把情况看得很清楚，他忽然问道，这个婊子是不是还想让大家在这么个地方长久停留下去。伯爵始终是个文雅的人物，他说不能要求一位女性作出如此艰难的牺牲，一切都得她自愿。卡雷-拉马东先生则注意到，一旦法国军队真的像猜测的那样从迪耶普开始大举反攻，那汇合点一定只会在多特。这种考虑使得另两位眉头紧锁。"如果徒步逃跑的话呢？"卢瓦佐建议道。伯爵耸了耸肩："您做梦吧，这么厚的雪？还带着老婆？而且很快会有追兵，要不了十分钟就会被抓获，然后听任士兵们把我们当作俘虏处置。"他的话有道理，这可是十足的自杀。

女士们谈起了时尚潮流；但某种约束力似乎使她们貌合神离。

突然，在街道的尽头，普鲁士军官现身了。在白雪分割的地平线上,清晰地显示出他穿着军服的细长侧影,走起路来双膝叉开,以这种军人特有的姿势,极力不让他们精心打过油的军靴沾上尘土。

在几位女士身边走过的时候,他欠了欠身行礼,然后傲慢地看着男士们,而他们也尽量保持尊严做到不去脱帽致敬,尽管卢瓦佐做了个近似脱帽的动作。

羊脂球的脸一直红到了耳朵根;那三位已婚妇女则感觉受到了侮辱,因为这个家伙之前粗鲁地对待过胖姑娘,而现在在与胖姑娘散步时,居然偏偏碰上他。

然后,大家开始谈论起这个军官,既谈他的外表又谈他的容貌。卡雷-拉马东夫人认识好些个军官,评判起他们也算行家里手,她觉得这个军官不算差;她甚至有些可惜那个家伙不是法国人,否则他定然能成为个漂亮的轻骑兵,让所有女人为他神魂颠倒。

一回到旅馆,大家又不知该干些什么了。甚至于谈到一些毫无意义的小事,也能尖酸刻薄地评上两句。晚饭时刻短暂而安静,吃完饭人人都上楼去睡觉了,希望用睡眠来打发时间。

第四天,大家都疲惫不堪,怀着一颗狂躁不安的心走下楼。女士们几乎懒得和羊脂球说话了。

一阵钟声响起。有一场洗礼。胖姑娘生过一个孩子,养在伊沃托的农民家里,她一年也不见得去看他一次,平时也从来不会想念他;但一想到有一个孩子将接受洗礼,就会让胖姑娘心里登时涌起对自己孩子的强烈柔情,她一定要去观礼。

她一离开,剩下的人面面相觑,然后互相把椅子靠拢,因为大家觉得得决定做点什么。卢瓦佐有个灵感,他的意思是建议军官把羊脂球一个人留下,给其他人放行。

付安韦先生继续担负沟通的任务,但是他很快就下了楼。日耳曼人熟知人的本性,把他赶出了门外。他声称他的欲望一日未得到满足,就要把所有人都扣留着。

于是一副贱民脾气的卢瓦佐夫人爆发了:"我们怎么着也不能在这里老死。既然和随便什么男人睡觉就是那个贱货的职业,我觉得她根本没有权力挑精拣肥。我要问各位,在鲁昂,谁都可以做她生意,就算是赶大车的也可以!是的,夫人,省长家的车夫!这点我可清楚得很,他在我们铺子买酒的。而今天是为了给我们解决麻烦,她却在那边装淑女,这个贱女人!……我觉得这个普鲁士军官处事不错。他可能很久没有女人了;兴许我们三个会是更好的选择。但他没有,他仅仅满足于找那个万人睡的女人。他表现出了对已婚妇女的敬重。想象一下,他可是这里做主的。他只消说一句:我要。就能动用兵士野蛮地来抓我们了。"

另外两个女人都轻轻地打了一个寒战。美丽的卡雷-拉马东夫人的眼睛闪着光,她脸色惨白,好像感觉自己已经被那个普鲁士军官武力掠去一般。

原来在另一边说话的男人们也围了过来。狂怒的卢瓦佐恨不得把这个"贱女人"手脚捆绑起来送给敌人。但伯爵到底是三代外交官家族出身,精于外交手段,他主张用巧妙的手段:"还是应当她自己决定。"他说道。

于是乎,他们开始谋划。

女人们互相靠拢,大家交头接耳,讨论得很全面,每个人都发表了自己的见解。竟也是如此合乎各自的身份。这些女士尤其擅长使用婉转的表达方式、精妙的措辞来表述最令人不快的事情。言语上那么含蓄,局外人绝对明白不了她们的意思。那上流社会贵妇人们用来自我防护的薄薄的羞耻心,不过遮住了表面,在遇上此类放荡的冒险时她们则会心花怒放,事实上,乐得发疯,感觉到合着她们的心意。就如同一个贪恋美食的厨师为他人准备夜宵那般,抱着一种跃跃欲试的心在为别人从中撮合。

故事的结局在她们看来滑稽可笑,快乐的心情便油然而生了。伯爵说的玩笑话似乎有伤风化,难登大雅之堂,不过因为说得巧妙倒也能博人一笑。卢瓦佐脱口而出三五段难以人耳的荤腥俏皮话,不过大家对此倒没有感到任何不快;他老婆猛然爆出来的想法还一直在大家的脑子里打转转:"既然这个是她的职业,她为什么要挑精拣肥?"高贵温柔的卡雷-拉马东夫人甚至想过,身处同样的境地,也许她对这位军官的抵触心理还小于别人呢。

他们费了好半天时间在准备一套包围行动,就像对付一座被围困的要塞一样。每个人都设定一个将要扮演的角色以及所持的理由和所要执行的步骤。有人准备了进攻计划,所用计谋就是突然袭击,以迫使这个大活人堡垒能够开门接受敌人。

然而古努德却一直在旁观,完全不打算参与这整件事。

对谋划的注意力让大家都绷紧了神经,以至于没人听到羊脂球回来了。幸亏伯爵轻轻一声嘘,所有人才都抬起了眼睛。她就在那儿。大家猛然噤声,某种尴尬使得大家一开始都没开口和她说话。伯爵夫人比别人更擅长交际场中的两面做派,询问羊脂球道:"这场洗礼可还有意思吗?"

还沉浸在感动之中的胖姑娘,把所见原原本本都倒了出来,到场人士的外貌、态度、教堂本身的样子。她最后补充说："有时候祷告很有好处。"

一直到午饭前，这几个贵妇人都乐意对羊脂球表现出亲善的一面，这是为了赢得她更大的信任，让她对她们的建议能言听计从。

一上餐桌，众人就开始有步骤地行动了。一开始是一个空泛的关于献身精神的会谈。有人举出了好些古人的例子，如犹滴①和荷罗菲纳②，接着，没来由地又提到吕克雷斯和塞克都斯③，又说到克雷奥帕特拉④，说她在让所有敌军将领都爬上她的床后，把这些人变成了她的忠实奴仆。于是，一件虚构的事实便在这群无知的百万富翁的想象力下孵化出来了，故事里的罗马女公民们来到卡普阿城，让汉尼拔⑤和他的军官以及雇佣的兵团士兵们都睡在她们的怀抱中。他们列举了所有那些俘获征服者的女性们，讲她们是如何把自己的身体变成战场，变成控制别人的工具，变成一件武器，如何用她们英雄主义的爱抚战胜那些丑恶或令人憎恶的家伙，如何牺牲贞操以

---

① 古代传说中的犹太女英雄。

② 公元前六世纪巴比伦王国的大将，在进犯犹太时被犹滴诱杀。

③ 吕克雷斯是古罗马名将之妻，被罗马皇帝的一个儿子塞克都斯奸污，后愤而自杀。

④ 古埃及女王，传说曾凭自己的美貌征服恺撒等罗马名将。

⑤ 古代迦太基的大将。

完成复仇或献身国家。

有人甚至用隐晦的言辞影射某个英国名门望族的女子主动让自己感染上一种可怕的传染疾病,只为了能传染给波拿巴,而后者则幸亏在致命的幽会中,因为不期而至的虚弱无力,才有如神助地躲过了一劫。

这一席话是以一种恰如其分而舒缓的方式说的,有时还会爆发出一片赞赏之声,足以激发人去效仿。他们的话几乎让你相信,人世间女性的唯一使命就是自身的永恒牺牲,不断献身于喜怒无常的大兵。

两位修女似乎没有在听这些人说什么,完全沉浸在深深的思索中。羊脂球没有说一句话。

整个下午,众人都留给她独自思考了。但大家没有再像之前那样称呼她为"夫人",而是简单地称作"小姐",没有人知道是什么原因,就好像她在之前大家对她的评价上爬到了某个高度,现在大家想把她拉下来,让她可以感受到目前自己令人羞愧的境遇。

在分发浓汤的时候,付安韦先生出现了,重复着前一日说过的话:"普鲁士军官让我问伊丽莎白·鲁塞小姐是否改变了初衷。"

羊脂球生硬地回答道:"没有,先生。"

到了晚餐时,同盟几乎解体。卢瓦佐先生说了三两句让人不甚愉快的话。每个人都徒劳无益地寻找着新的例子但啥也没想出来；伯爵夫人没有太多预先考虑，似乎突然隐隐觉得有必要向宗教致敬，就询问了年长的那位修女一些关于圣徒们生平的大事件。然而，其中的很多圣人都做过一些在我们现在的眼光看来是罪恶的事情；但当这些罪是为了上帝的荣耀或者人类的利益而犯的时候，教会可以很轻易地抹去这些重罪。这是一种有力的论据；伯爵夫人利用了这点。于是，或者出于一种心照不宣的串通、某种隐蔽的共谋，任何一个穿着教会长袍的人都擅长这一手，或者单单是因为天生的爱帮人忙的糊涂劲儿，老修女给这一阴谋帮了大忙。大家原以为她个性腼腆，现在她却表现出了勇敢、善辞、激烈的性情。这一位丝毫不因决疑论的摸索而慌了神；她的教条如铁一般正确；她的信仰从不曾动摇；她的良心从未有任何不安。她认为亚伯拉罕的杀子祭天没有任何可惊奇的地方；因为只要上苍给她指示，她也一定可以立刻杀死自己的父亲和母亲；在她看来，只要动机令人赞颂，没有任何事会引起上帝的反感。伯爵夫人乘机利用这位意料之外的同谋的神圣权威，要引她对"结局是判断方法之准则"这一道德公理作一个感化人的阐释，于是问修女道："那么，您认为上帝会允许任何方式，会原谅一切行为，只要动机是纯洁的吗?"

"谁会怀疑这点呢,夫人？一件原本该被谴责的行为,常常会因动机的纯正而变得让人称道。"

她们就这样继续谈下去,辨明上帝的各种意志,预知他的种种决定,把上帝和那些,说老实话,不怎么相干的事情扯上了关系。

所有这些讨论都是含蓄、巧妙而慎重的。但修女口中出来的每一句话都在妓女愤怒的反抗力上撕开一个小裂口。接着谈话转移了方向,拨动脖子上念珠的女人谈到了她们的修道院,谈到了她们的院长,谈到她自己和她那位娇小可爱的同伴圣尼瑟弗尔修女。有人请她们去勒阿弗尔照料医院里几百名感染了天花的士兵。她描绘着这些可怜人,详细讲述他们的病状。在她们被那个普鲁士军官的心血来潮阻在半途的时候,可以想象有大量她们原本可以救治的法国人,兴许将会死去！她的专长就是救治士兵;她曾经去过克里米亚,去过意大利、奥地利;在她讲述她的这些战场经历时,突然让人感到她就是那些打着战鼓、吹着军号的修女队中的一员,天生就是为了追随战场,在战争的漩涡中救死扶伤;她们比军队的长官还厉害,只需要一句话就可以驯服不守纪律的大兵;这真是一个军中修女,她那张满是坑坑洼洼的大麻脸,好像是战争带来的满目疮痍的写照。

她说完后，没有人发言，效果棒极了。

饭一吃完，人们很快上楼进了房间，第五天早上，大家下楼都很晚。

午饭吃得静悄悄的。他们要让前一天所播下的种子有时间发芽结果。

伯爵夫人建议大家午后去散个步；然后伯爵就按照之前商量好的那样，挽着羊脂球的手臂，和她一起在大家的后面走着。

他以一种亲切如父亲般，又微微有些轻蔑的口吻和羊脂球说话，这正是那些稳重的男士对卖笑女子说话时常用的口气，他称呼羊脂球为"我亲爱的孩子"，以他高高在上的社会地位和无可争议的好名声屈尊对待她。很快便进入了问题的实质：

"这么说来，您情愿让我们大家都留在这里，和您一起面对普鲁士军队战败后可能接踵而来的危险情况，也不愿接受这个您生活中经常做的事了？"

羊脂球没有答话。

他以温柔的态度，用事实论理，用情感去争取她。他知道如何保持"伯爵先生"的身份，同时又在必要的时候表现出彬彬有礼的气度，还能恭维夸奖，殷勤献媚。他颂扬着她可以为大家提供的帮助，谈到了大家会对此多么的感激；接着，突然语气轻快地改用"你"①称呼她："你要知道，好孩子，那个普鲁士家伙以后可以吹嘘说自己尝过一个美丽姑娘的滋味，而这样美丽的女孩在他的国家里是不多见的。"

羊脂球没有答话，而是走上前和大家一起。

一回到旅馆，她就上楼到自己房间里去了，再也没有出现。大家都忧心忡忡。她会怎么做呢？如果她继续反抗，那怎么办？晚饭时间到了；众人都等着她，她却没有出现。这时付安韦先生进来通知说鲁塞小姐感觉身体不舒服，大家不用等她，可以上桌吃饭了。所有人都把耳朵竖起来。伯爵走近旅馆老板，低声问道："搞定了？""是的。"出于礼节，他没有对同伴们说任何话，只是向他们微微点头示意。立刻所有人的胸中都吐出了一声长长的气，脸上都洋溢起了轻松的神色。卢瓦佐喊道："该死的好极了！如果旅馆里有香槟的话，我请大家喝。"当旅馆老板手上拿着四瓶香槟回来的时候，卢瓦佐夫人感到心痛了。每个人陡然间变得善于交际而大嗓门；一阵轻飘飘的快乐充溢着人们心中。伯爵觉得卡雷-拉马东夫人

---

①　在法语中用第二人称单数时，表示与对方关系密切。

是如此可人，而工厂主也向伯爵夫人大献殷勤。谈话活泼、诙谐，妙语联珠。

突然，卢瓦佐老板的神情不安，抬起双臂大吼："安静！"所有人都闭上了嘴，十分吃惊，甚至有些吓到了。然后他竖起耳朵双手向大家示意不要出声，抬眼看看天花板，听了听，然后用平常的声音说道："大家放心吧，一切正常。"

大家一下子没弄明白他的意思，但很快就都露出了微笑。一刻钟之后，他又开始了类似的恶作剧，一个晚上重复了好几次；他装作和楼上的人打招呼，把一些从自己捐客脑瓜子里挖空心思想出来的一语双关的建议提给对方。时而悲伤地叹息道："可怜的小妞！"时而愤怒地从牙缝里挤出几声低怨："普鲁士流氓，滚吧！"有时候，当大家都不再想这件事的时候，他又用颤抖的嗓音连叫几次："够了！够了！"然后又像自言自语那样说道："希望我们还能见到她；可千万别被那个男人弄死了，这个可怜的女人！"

尽管这些俏皮话趣味低级，却把大家逗乐了，也没人感到生气，因为怒火和别的事儿一样也是与环境有关的，而这些人周遭的氛围充斥着猥亵意味。

吃到饭后甜点时，女人们也说了些俏皮话，不过是些很含蓄的影射话。大家的眼睛闪着光芒;因为都喝多了。即便在玩乐的时候仍然保持着大人物惯有的稳重的伯爵,找到了一个很令人玩味的比方,说现在的心情就仿佛那些遭了海难流落北冰洋的人们,在冬眠期结束春暖花开的时节,欣喜地看到一条回归南方大陆的道路一般。

卢瓦佐十分高兴,站起身,手举一杯香槟酒说道:"为我们的解困干杯!"所有人都站了起来:热烈欢呼。甚至两位修女也在那几位女士的撺掇下,同意啜一口这带着泡沫的酒液,她们之前从未尝过这样的酒。她们大声说这酒的滋味有些像带气的柠檬水,但口感更为细腻。

卢瓦佐老板提了个应景的话头。

"真可惜这里没有钢琴,不然大家可以来段四对舞。"

古努德一声不吭,甚至没有做一个动作;他似乎沉浸在一些较为沉重、严肃的思考中,有时愤怒地用力拉扯他的大胡子,像是要拉扯得更长些。最后,到了快午夜的时候,大家都要走了,卢瓦佐步履蹒跚走近古努德,突然拍打了一下他的肚皮,含糊不清地说道:"您可一点不好笑,今天晚上嗯;您什么话都不说吗,公民?"然后古努德猛然抬起了头,扫视了一下全场,眼露凶光地说道:"我要对各位说,你们刚才所做的事是一种耻辱!"他站起身,走向门,又重复了一遍:"是一种耻辱!"然后消失在门后。

刚开始,此言此景像是给大家浇了盆冷水。卢瓦佐老板感到很狼狈,就傻傻地站在那里;但马上就恢复了镇定,然后他忽然弯腰大笑起来,口中不断重复道:"葡萄太酸了,我的伙计,太酸了。"大家都不明白他的意思,他于是就讲述了"走道里的秘密"。如此一来,大家重新恢复了快乐心情。女士们都乐疯了。伯爵和卡雷-拉马东先生则笑得眼睛里溢出了泪水。他们都觉得这令人难以相信。

"怎么!您能确定吗?他想……"

"都跟您说了,这是我亲眼所见。"

"那么,她拒绝了……"

"因为隔壁房间就住着普鲁士军官。"

"不可能吧?"

"我向您发誓就是这么回事儿的。"

伯爵憋得快透不过气了。工厂主则两只手捧着肚子。卢瓦佐老板继续说道:"所以,您要知道,今天晚上他的日子可不好过,一点儿都不好过。"

这三人又开始笑起来,直笑得不好受,喘起气来大声咳嗽。

笑完大家就散了。卢瓦佐夫人的个性是不饶人的,在夫妻俩上床准备睡觉的时候,告诉她老公卡雷-拉马东家那个小雌老虎整个晚上都在假笑："你要知道，对那些女人来说，只要看中了穿军装的男人，管他是法国人还是普鲁士人呢，我敢保证，对她们来说都一样。这可不是怜爱，哦，上帝，我的主啊！"

一整夜，在暗黑的走道里总传出一些细微的声响，像是轻微的颤动，几乎听不出，又类似于某种呼吸的声音；还有光脚在地板上走动的声音和难以察觉的沙沙声。大家直到很晚才睡着，因为很长时间以后还有丝丝缕缕的光线从门缝下溜了进来。正如人们所说，香槟果然有让人夜不成眠的效果。

第二天，冬晨明朗的太阳映得雪地熠熠生辉。马车终于套上牲口，静候在门前，一小队洁白的羽鸽，趾高气扬地从厚重的羽毛中伸出脑袋，圆睁着正中一点乌溜溜的嫣红小眼，神气活现地在六匹马的蹄间踱来踱去，在那些牲畜散落的热烘烘的粪便中寻找着食物。

马车夫裹紧羊皮外衣，缩在自己位子上抽着烟斗，所有旅客都笑容满面，匆匆忙忙地让人打包食物，以便在剩下的路途中吃。

一切就绪只等羊脂球的到来便能出发。而她终于出现了。

她看上去有些窘迫不安，带着羞愧的神色，畏畏缩缩地走向那些旅伴，而所有人不约而同都选择扭头侧身避开，装作不曾看见她。伯爵则端着尊严的神情拉住他妻子的手臂绕开，让她远离这个不洁之人。

胖姑娘在错愕中止住脚步，不敢向前，然后又重拾勇气，用谦逊卑微的语气，小声向工厂主老婆打招呼："早安，夫人。"而那位却只随意点了点头勉强算是回礼，投过来的眼光分明感到自己的贞洁受到了侮辱。所有人都佯装忙忙碌碌，时刻与她保持着距离，如同她的裙子下携带着肮脏的、会传的病菌。然后大家急忙奔向马车，只留下她孤零零一个，最后上车，默默地坐在前一段路程坐过的位子上。

大家好像没看见她，也不认识她。只有卢瓦佐夫人，愤慨地远远瞅着她，压着嗓子对丈夫说："幸亏我不是坐她身边。"

笨重的马车剧烈地摇晃了一下，又继续前进。

一开始大家闷不吭声。羊脂球怯生生不敢抬起目光。同时她感到对在座的所有人气愤不已，对自己屈从于那个普鲁士军官的淫威，被他玷污而羞愧难当。而这一切正是拜这些人所赐，是他们虚伪地把她丢进了那个男人的怀抱。

伯爵夫人转身朝向卡雷-拉马东夫人，很快打破了这令人尴尬的沉寂。

"我想您应该认识德·艾特雷尔夫人吧?"

"对啊,她是我的朋友。"

"这真是位有魅力的女人!"

"她确实令人着迷! 真正的人间尤物,而且颇有学识,浑身上下直到指尖都散发着非凡的艺术家气息,她的歌喉令人陶醉,绘画更是技艺精湛。"

工厂主则忙着与伯爵聊天,在车厢玻璃的撞击声中偶尔听得见只言片词,像息票啦,期限啦,溢价啦,限期啦等等。

卢瓦佐从旅店里顺手牵羊拿了一副在没擦干净的餐桌上蹭了五年多油渍的旧纸牌,正和他老婆玩着一种称作"贝子格"的游戏。

修女们从腰带上取下念珠串,一起在胸前划了个十字,突然嘴唇开始快速嚅动,越来越快,像比赛念经似的叽里咕噜地低诵着;时不时还亲吻一下圣像牌,划一个十字,然后又开始新一轮含糊不清、快速而持续的低声祈祷。

古努德在梦游沉思,一动不动。

马车行驶了三小时后,卢瓦佐收起纸牌,嘟哝着:"饿了。"

听到这话,他老婆捞出一只细绳捆扎的包裹,从里头拿出一块冷餐小牛肉,干净利落地切成齐整的薄片,夫妻俩埋头吃了起来。"我们也吃吧?"伯爵夫人提议道。获得众人首肯后,她打开了准备好给两对夫妇享用的食物。那是一种常见的长餐盆,盖子上是个陶制的野兔图案,表明里头装的是野兔肉冻酱,餐盆里汁多味美的野味那褐色的香肉上流淌着呈白色溪流状的肥厚膘油,还混入了别种细细剁碎的肉。一大方格酪,垫在一张报纸上,油腻腻的干酪下仍辨得出"花边新闻"的印刷字样。

两位修女翻出一段冒着蒜香的圆香肠;而古努德,两手同时探进短大衣的两个大口袋里,从一个口袋里掏出四只煮鸡蛋,从另一个挖出一截面包头。他剥去鸡蛋壳,丢进脚下的稻草堆里,开始大口啃鸡蛋,听任明黄色的碎屑缀落在他的大胡子里,一闪一闪像星星。

羊脂球原是匆匆忙忙、慌里慌张起的床,不曾想到带任何东西,她恼火地注视着这一众心安理得享用食物的人们,愤怒让她说不出话来。先是一拨汹涌而至的怒火攫住了她,她想张嘴呐喊,用已到嘴边的无数污言秽语大声斥骂他们,但她开不了口,怒火扼住了她的喉咙,让她发不出声。

没有人看她一眼,没有人惦记她。她感觉自己没溺在这些个满口仁义道德的混蛋的蔑视中,他们先是牺牲她,然后又抛弃她,如同她是一件肮脏又无用的器物。然后她又想起自己那个曾盛满美味食物却被那些人狼吞虎咽一扫而空的大篮子,想到里面那两只挂着油光闪亮的冻汁的鸡,她的那些肉糜酱、梨子和四瓶波尔多红酒;怒火突然抽去,就像一根绷得太紧的弦突然断裂,她感觉自己快哭出来了。她倾尽一切努力,用尽气力硬撑,像孩子似的把哽咽硬压下去;但泪水还是涌了上来,闪烁在眼眶边缘,很快两大颗泪珠夺眶而出,慢慢地顺着两颊流了下来。泪珠紧接着以更快的速度流了下来,像清泉涌出的水珠,恣意落在她丰盈起伏的胸部上。她身子挺得笔直,目光呆滞,脸绷得紧紧的,面色苍白,只希望这个鬼样子没有被任何人看见。

偏偏伯爵夫人觉察到了并示意她丈夫。伯爵耸了耸肩仿佛在说:"我有什么办法?又不是我的错。"卢瓦佐夫人获得胜利似的吐出一个无声的冷笑,低声道:"她哭是因为感到羞耻。"

两位修女把剩下的香肠用纸包起来放好后,继续祈祷。

古努德消化完那几个煮鸡蛋后,长腿伸到对面座位底下,向后仰躺,双臂交叉,像是刚刚想到一个捉弄人的办法似的，微微一笑，轻声用口哨吹起《马赛曲》。

　　所有人的脸都沉了下来。这首耳熟能详的歌曲，显然丝毫不能取悦这些旅伴。他们变得烦躁、厌烦，看上去仿佛要大吼大叫，就像野狗听见管风琴的声音总要狂吠一样。

　　古努德发现了这点，越发不打算停下来。偶尔甚至还哼哼唧唧出一些歌词：

> 祖国神圣的爱，
>
> 请指引和支持我们报仇！
>
> 自由，亲爱的自由
>
> 请你和你的保卫者同战斗。

　　雪地愈发坚硬，逃难的马车行进得更快；在到达迪耶普之前的这一路，在索然无味的漫长旅程中，在崎岖道路的颠簸不平中，在降临的夜幕中，在之后充斥车厢的沉沉阴暗中，古努德以一种残忍的执拗，不停歇地吹着这充满复仇意味的单调的调子，强迫那些疲惫而愤怒的人听这首歌，而且每听一拍，还不由地记忆起所对应的每一句歌词。

　　羊脂球一路都在哭泣，偶尔会有一声她没能忍住的抽噎，在两段歌词间依稀可辨，而后又湮没在无边的黑暗中。

提线木偶
——欧·亨利短篇小说选

诸神的微笑
——芥川龙之介短篇小说选

黄金谷
——杰克·伦敦短篇小说选

末代佳人
——菲茨杰拉德短篇小说选

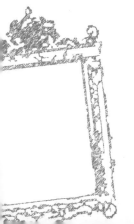

恐惧
——茨威格短篇小说选

红魔假面舞会
——爱伦·坡短篇小说选

公主的生日
——王尔德短篇小说选

橄榄园
——莫泊桑短篇小说选

脖子上的安娜
——契诃夫短篇小说选

他是否还在人间
——马克·吐温短篇小说选

图书在版编目（CIP）数据

橄榄园——莫泊桑短篇小说选/〔法〕莫泊桑著；朱燕译. —上海：
复旦大学出版社，2011.1
ISBN 978-7-309-07763-6

Ⅰ. 橄⋯　Ⅱ. ①莫⋯②朱⋯　Ⅲ. 短篇小说-作品集-法-近现代　Ⅳ. I565.44

中国版本图书馆 CIP 数据核字（2010）第 241891 号

橄榄园——莫泊桑短篇小说选
〔法〕莫泊桑　著　朱燕　译
出品人/贺圣遂　责任编辑/孙晶　于文雍

复旦大学出版社有限公司出版发行
上海市国权路 579 号　邮编：200433
网址：fupnet@ fudanpress. com　http://www.fudanpress. com
门市零售：86-21-65642857　　团体订购：86-21-65118853
外埠邮购：86-21-65109143
浙江新华数码印务有限公司

开本 787×1092　1/32　印张 7.625　字数 119 千
2011 年 1 月第 1 版第 1 次印刷

ISBN 978-7-309-07763-6/I·588
定价：20.00 元